LOUANGES

« Cela m'a vraiment fait sourire. »
— *Getting Your Read On Reviews*

« *Le festival amical* est un livre merveilleux et parfait pour une journée folle ou stressante. »
— *Café of Dreams Book Reviews*

« Susan a un don pour les dialogues légers et pour décrire l'entrain concernant la connexion entre Holly et Dave... Cherchez à découvrir cette bouchée délicieuse. »
Tifferz Book Reviewz

« Susan Hatler a le chic pour écrire des livres qui m'entraînent dès la toute première page ! »
— *Books Are Sanity!!!*

« Mme Hatler a une façon d'écrire des dialogues très spirituels qui vous font rire à haute voix tout au long de ses histoires. »
— *Night Owl Reviews*

TITRES PAR SUSAN HATLER

Série Rencontre renouvelée

Rencontre à un million de dollars

La double rencontre désastreuse

La rencontre d'à côté

Rencontre à la rescousse

Rencontre à la mode

Il était une rencontre

Rencontre à destination

Série Rencontre à tout prix !

L'amour à la première rencontre

Rencontre ou vérité

Ma dernière rencontre arrangée

Une rencontre à retenir

Rencontre dans les règles de l'art

Permis de rencontre

Une rencontre intéressée

Le projet rencontre

Une rencontre déjà-vue

Une rencontre et sauve-qui-peut

TITRES PAR SUSAN HATLER

Série Idylle à Christmas Mountain
Le compromis de Noël
C'était le baiser avant Noël

Série Rêves du Montana
Le festival amical
Le dîner exquis
La radieuse boutique
La mémorable montagne
Le mariage chaleureux
La joyeuse randonnée
L'adorable surprise

IL ÉTAIT UNE RENCONTRE

SUSAN HATLER

Traduit de l'anglais au français par Vantha Ung

Conception de la Couverture par Elaina Lee, For The Muse Design
www.forthemusedesign.com

Cliquez sur le lien suivant et inscrivez-vous à la Newsletter de Susan :
SUSANHATLER.COM/NEWSLETTERFR

IL ÉTAIT UNE RENCONTRE

SUSAN HATLER

Pour ma maman réaliste,
De la part de ta fille idéaliste.
Je t'aime. Xoxo.

CHAPITRE UN

Après avoir trouvé le courage de soumettre le manuscrit de mon roman d'amour à l'éditeur de mes rêves, je venais tout juste de recevoir un email de rejet qualifiant le livre de mon cœur d'irréaliste, d'inimaginable et d'impubliable. Tu parles d'un avis cruel. On pourrait penser que je serais chez moi en train de me taper la tête contre mon ordinateur portable en criant : « Je ne comprends pas pourquoi vous détestez mon roman ! Où est-ce que je me suis loupée ? Mais où ? »

Mais non.

Après avoir reçu la pire réponse de ma vie, ma meilleure amie pensait qu'il serait bon de me remonter le moral en l'accompagnant à un bal masqué organisé à l'hôtel Geoffries dans le centre-ville de Sacramento. En raison du traumatisme évoqué plus tôt, mon cerveau en compote n'avait pas eu la prévoyance de décliner l'invitation. Voilà pourquoi je descendais en ce moment même d'un taxi derrière Krista en regrettant de ne pas être à la maison, dans mon lit avec ma tête sous l'oreiller.

« Rappelle-moi encore une fois comment le fait de me retrouver dans une salle de bal pleine à craquer, habillée d'une robe noire en soie dos nu et à décolleté croisé en strass, est censé me remonter le moral, alors que j'ai la sensation — et probablement l'air — de ne pas être dans mon assiette ? » demandai-je en fermant la portière du taxi.

« Tu as l'air fabuleuse, Michelle », dit-elle en me lançant un regard compatissant. « Et, pour la énième fois, je ne vais pas te laisser à la maison pour que tu sois malheureuse à cause d'un seul rejet. Une autre maison d'édition va adorer ton livre et l'acheter — la *bonne* maison d'édition. »

Je poussai un soupir.

« Tu veux dire mon livre irréaliste, inimaginable et impubliable ? »

Elle agita une main en l'air avec dédain.

« Ce n'est que l'opinion sans valeur d'un éditeur casse-pieds.

— La maison d'édition *Prince & Company* est très respectée », lui rappelai-je.

Nous parcourions le trottoir dans nos talons, quand tout à coup, un insecte ou quelque chose comme ça rentra dans mon œil. Aïe ! Je clignai rapidement des yeux. Ma journée n'avait-elle pas été suffisamment traumatisante ? Apparemment pas. Soupir.

« Est-ce que j'ai mentionné que *Prince & Company* était mon premier choix en termes d'éditeurs pour romans d'amour ? demandai-je.

— Un milliard de fois », dit Krista en appliquant du gloss sur ses lèvres et en me jetant un coup d'œil.

« Eh bien, ça vaut le coup de le répéter », dis-je, puisqu'elle ne semblait pas comprendre l'énorme coup que ce rejet portait à ma future carrière.

La douleur frappa ma cornée, et je me frottai l'œil en essayant de me débarrasser du moucheron pendant les paroles de l'éditeur résonnaient à nouveau dans ma tête.

« Irréaliste, inimaginable et impubliable. C'était l'avis *professionnel* qu'il avait à propos de mon roman.

— Eh bien, cet éditeur a manifestement une vie misérable et

souhaite que tout le monde soit aussi malheureux que lui. Enfin, ce n'est pas aussi difficile que ça de dire « non, merci », ou « ce n'est pas ce que je recherche » ? Maintenant, arrête de frotter ton œil ou tu auras l'air d'un panda », dit Krista en lissant le devant de sa longue robe rouge. « On a besoin toutes les deux de cette soirée et on va en profiter. Tu verras. »

Je poussai un soupir en espérant qu'elle avait raison. Je jette un coup d'œil vers elle avec ma vision trouble, sachant que je devais oublier cette histoire de rejet pour ne pas gâcher la soirée.

« Tu ressembles à Julia Roberts dans *Pretty Woman* », lui dis-je en admirant la robe rouge asymétrique à épaule dénudée qui épousait chacune de ses courbes avant de tomber sur le trottoir en coupe sirène.

Puis je clignai des paupières et me tapotai le coin de l'œil avec la jointure de mon doigt.

« Ça te va bien, les robes chics. J'ai l'habitude de te voir dans des vêtements de sport, surtout dans les tenues de la nouvelle collection de *Retard à la Mode*.

— Que dire ? Je touche à tout. Mais sérieusement, arrête de te frotter l'œil. »

Je haussai une épaule.

« Qu'est-ce que ça peut faire si je ressemble à un panda ? Les pandas, c'est mignon, pas vrai ? Avec leur fourrure noire et blanche, et leur air doux et câlin pendant qu'ils mangent du bambou au sommet de la montagne.

— On est à Sacramento, pas en Chine, fit remarquer Krista.

— Il faut vraiment que je me calme sur les émissions *Disney Nature*, dis-je en secouant la tête.

— Tu avais vraiment besoin de sortir ce soir.

— Si seulement je pouvais faire sortir ça de ma pupille », dis-je en écarquillant les yeux et en les clignant rapidement, dans l'espoir de déloger la bestiole qui venait d'envahir brutalement ma vision.

Krista s'arrêta devant l'hôtel et me lança un regard inquiet.

« On dirait que tes yeux sont en train de mâcher une guêpe.

— Il y a quelque chose dans mon œil. Je peux le sentir. »

Elle se pencha plus près de moi en regardant dans mes yeux.

« Je ne vois rien...

— On dirait un moucheron ou autre, répondis-je.

— Est-ce que ça pourrait être un grain de poussière sur tes lentilles de contact ?

— C'est possible... »

Je pris une profonde inspiration, et c'est alors qu'une idée géniale me vint à l'esprit.

« Peut-être que je devrais me dépêcher de rentrer à la maison pour prendre mes lunettes, et puis...

— Pas moyen, ça n'arrivera pas. Je te connais trop bien, ma chère. Aller chercher tes lunettes n'est qu'une excuse pour rentrer à la maison et y rester. Tu es ici pour te changer les idées et t'amuser, tu te souviens ?

— Vaguement », dis-je en me disant qu'il était trop tard pour feindre un mal de tête et déguerpir.

Je n'avais pas d'autre choix que de la suivre à travers les portes doubles dorées de l'hôtel Geoffries.

« Allez viens, » dit Krista en passant son bras dans le mien à notre entrée dans le hall. « Tu reprendras du poil de la bête en un rien de temps. Crois-moi.

— J'espère que tu as raison », lui dis-je.

Mes talons noirs claquèrent sur le sol en marbre du hall alors que nous passions devant la réception, puis le bureau du concierge. En tournant à gauche, je levai la tête vers le panneau au cadre doré faisant la publicité pour le « Bal masqué » de la saison. Pourquoi n'avais-je pas écrit mon histoire d'amour féérique à propos d'un bal masqué ?

Peut-être que l'éditeur n'aurait pas réprouvé cette idée...

Ou peut-être qu'il était simplement misérable comme Krista

avait dit. J'espérais qu'elle avait raison. Sinon, cela voulait dire que j'avais passé ces huit derniers mois à peaufiner un livre qui ne verrait jamais le jour.

« Que ce soit de la poussière ou un moucheron, mes lentilles de contact me font un mal de chien, maintenant », dis-je en me frottant les deux yeux. « Oh, attends une minute. Je crois que j'ai mis mes lunettes dans mon sac.

— Je ne sais pas pourquoi tu ne les portes pas ce soir. Elles te vont bien.

— Eh bien, je pensais qu'il serait difficile de porter un masque par-dessus. Mais à ce stade, je suis désespérée.

— Écoute, voilà les toilettes. Va enlever tes lentilles et mets tes lunettes pour que tout le monde dans la salle de bal ne soit pas obligé de te voir faire les gros yeux.

— Merci. Ça me rend moins mal à l'aise », dis-je en levant les yeux au ciel. « Ne t'inquiète pas pour mes yeux de merlan frit, Krista. Je trouverai un coin sombre pour retirer mes lentilles. »

La vérité, c'est que j'avais bel et bien envie de trouver un coin sombre, mais pas de retirer mes lentilles. J'avais glissé mon ordinateur portable dans mon sac noir. Je savais qu'il fallait que je m'assoie tranquillement pour envoyer d'autres lettres de présentation de mon manuscrit à une seconde liste de maisons d'édition que j'avais enregistrée sur mon ordinateur. Après ce rejet douloureux, je risquais de perdre la tête en essayant de faire publier mon livre si je n'envoyais pas ces nouvelles demandes immédiatement.

En tant qu'aspirante romancière, il y avait des limites au nombre de coups de couteau que mon ego pouvait supporter. J'avais eu l'impression que l'éditeur m'avait arraché le cœur, avant de le piétiner complètement. Pas amusant du tout.

Je m'arrêtai à l'extérieur de la salle de bal et pris une profonde inspiration.

« Tu sais quoi, Michelle ? » dit Krista avec un sourire en regardant de haut en bas ma robe noire en soie. « Tu vas passer une soirée fabuleuse et tu me remercieras demain. Je veux dire, tu ressembles à Reese Witherspoon lors de la cérémonie des Golden Globes... mais en plus grande.

— Merci, je crois », répondis-je, en me disant que Reese ne se serait pas laissé déprimer par ce rejet, ou elle ne serait pas là où elle est aujourd'hui.

Il fallait que je le prenne sur moi pour avancer. Ainsi, je sortis mon masque doré, élégant mais immense, avec ses paillettes et ses plumes, le plaça devant mes yeux qui me démangeaient, puis attachai les rubans noirs en soir derrière ma tête.

Krista mit son masque rouge à plumes et se tourna vers moi.

« De quoi j'ai l'air ? »

Je me tournai deux fois vers elle et secouai la tête.

« C'est une bonne chose qu'on soit arrivé ensemble, sinon je ne t'aurais pas reconnue.

— Pareil pour toi. Très élégant et mystérieux », dit-elle en déposant un baiser sans contact sur ma joue.

Puis on fit un signe de tête à l'homme en smoking, qui nous ouvrit la porte de la salle de bal d'un geste ample. La musique, qui avait semblé étouffée depuis l'extérieur de la pièce, nous envahit lorsqu'on se retrouva à l'intérieur. Krista frappa dans ses mains avec enthousiasme, ce qui me fit sourire pour la première fois aujourd'hui.

En temps normal, elle n'aimait pas le glamour et les paillettes, mais ce bal était une collecte de fonds organisée pour l'association *Founding Friendships*, un organisme de sensibilisation pour les sans-abris où elle faisait du bénévolat.

Krista avait failli vivre dans la rue quand elle était enfant. Elle m'avait raconté comment elle avait grandi dans un parc à mobile homes à Eureka, en Californie, là où sa mère vivait encore aujourd'hui. J'avais moi-même fait du bénévolat avec elle chez *Founding Friendships*, qui semblait être une véritable organisation avec du mérite.

Une femme nous fit un signe de la main depuis l'autre côté de la pièce, et Krista se tourna vers moi.

« Je crois qu'il s'agit de Jill Parnel, la gérante de *Founding Friendships*. Il faut que je lui parle de quelques petites choses. Ça ira si je te laisse seule pendant quelques instants, le temps que j'aille lui dire bonjour ?

— Bien sûr. Prends ton temps. Va danser et ne t'en fais pas pour moi », lui dis-je, soulagée d'avoir un peu de temps à moi pour aller me cacher dans un coin sombre avec mon ordinateur portable. « Tu as fait ton devoir. Je suis sortie de la maison. Maintenant, va t'amuser.

— D'accord, ma belle. Je reviens dans un instant.

— Dis bonjour à Jill de ma part », lui dis-je avec un signe de tête en la regardant s'éloigner.

L'autre raison pour laquelle je voulais trouver une chaise était parce que mes talons aiguilles noirs me faisaient déjà mal aux pieds. Je balayai la salle du regard pour trouver un endroit où m'asseoir et repérai une table avec des chaises contre le mur du fond, qui avait l'air vide, à l'exception d'une flûte de champagne abandonnée. Jackpot. Cette table était à moi.

Je me dépêchai de contourner la piste de danse en grimaçant de douleur à chaque pas. Quelle erreur d'avoir décidé de porter des talons tous neufs, mais Krista m'avait emmenée faire du shopping à *Sublimes Souliers* plus tôt (également pour me remonter le moral), et avait insisté pour me les acheter en remerciement d'avoir accepté de l'accompagner ce soir, après que sa dernière relation s'était terminée brutalement par SMS. J'avais su que ça n'allait pas durer entre eux, mais qui étais-je pour les juger ? Je n'avais pas eu de rencard décent depuis plus d'un an.

Une fois arrivée à la table, je posai mon sac avant de regarder autour de la somptueuse salle de bal pour la contempler entièrement. La décoration était impressionnante. Des tables rondes entouraient la piste de danse, chacune couverte d'une nappe damassée dorée, avec des chaises dont les hauts dossiers étaient finement sculptés. Le sol en marbre s'étendait sur toute la surface de la salle de bal, et le bord de la piste de danse en bois affichait un motif doré de fleurs de lys.

Cette piste de danse était remplie d'invités masqués qui se lâchaient en secouant leurs hanches. Je repérai Krista avec Jill en train de remuer au rythme de la musique avec un groupe de femmes masquées de l'autre côté de la piste. Elle croisa mon regard, et je lui fis signe de la main en montrant la table. Elle hocha la tête et m'envoya un baiser.

Je m'assis avec reconnaissance et sortis mon ordinateur portable, en déplaçant de l'autre côté de table la flûte de champagne abandonnée à moitié vide — ou à moitié remplie, si je n'avais pas passé une journée comme celle-ci. En retirant d'un coup de pied mes talons sous la chaise, je soupirai de soulagement et ouvris mon ordinateur.

Ce n'est pas que cela ne me plaisait pas de porter des talons hauts. À vrai dire, la paire que Krista m'avait achetée était sublime. Mes pieds n'étaient simplement pas habitués à en porter puisque je n'avais pas l'argent de m'acheter des talons élégants comme ceux-ci. Je passais la plupart de mon temps dans des pantalons de yoga, des pulls larges et des chaussettes moelleuses. Ce n'était pas pour rien qu'on qualifiait les gens comme moi d'artistes fauchés et affamés.

Je saisis mon mot de passe et, en attendant le chargement de mes emails, je regardai autour de moi. L'ambiance était enjouée. Si je n'étais pas aussi stressée à vouloir me remettre du rejet de mon manuscrit, j'aurais probablement profité de la piste de danse avec Krista.

Des décorations de type stalactite pendaient du plafond, et je me souris à moi-même car elles me rappelaient mon livre préféré quand j'étais enfant, *La Reine des neiges*. C'était également incroyable de voir tous ces magnifiques masques qui rendaient ces invités élégants méconnaissables. L'anonymat me convenait très bien en ce moment, parce que cela signifiait que je pouvais envoyer mon manuscrit avec tranquillité. Après une dizaine de minutes, j'avais déjà envoyé cinq demandes. Vive moi, hourra ! Prends ça dans les dents, *Prince & Company*.

« Excusez-moi », dit une voix d'homme rauque qui interrompit mes pensées en me faisant sortir de mon état studieux profond.

Mes yeux se posèrent sur une manche noire de smoking qui s'étendit au-dessus de la table pour saisir la flûte de champagne que j'avais déplacée.

« Oh, pardon... », répondis-je.

Mon regard descendit sur la manchette blanche qui dépassait de sous la manche noire, et un parfum d'eau de Cologne atteignit mon nez. J'inhalai alors l'odeur enivrante. Miam.

Lorsque je levai mes cils, j'eus le souffle coupé en plongeant mon regard dans les yeux les plus bleus que j'avais jamais vus, et qui scintillaient derrière un masque noir en satin. L'homme-mystère avaient des lèvres pulpeuses, et l'idée de l'embrasser me traversa brusquement l'esprit sans le vouloir.

Mes joues s'empourprèrent. Ressaisis-toi, Michelle.

D'un geste lent et délibéré, il tendit une main.

« Voudriez-vous m'accorder une danse, Cendrillon ? »

Moi ? Danser ? Oh, oui...

Non, minute papillon. Je me mordis la lèvre inférieure. Je n'avais pas du tout envie de danser.

J'avais quelque chose de prévu... prévu d'envoyer mon manuscrit à tous les éditeurs de ma liste pour illuminer un peu cette journée assombrie par le rejet. J'attendis que les mots sortent de ma bouche pour décliner poliment l'offre aimable de cet homme.

Mais alors que je fixais ces yeux bleus captivants, je me retrouvai à sourire pour la première fois aujourd'hui en répondant :

« Oh que oui, Prince Charmant. J'adorerais danser. »

CHAPITRE DEUX

Lorsque l'homme-mystère saisit ma main, la sensation de sa peau contre la mienne provoqua des petits picotements qui remontèrent le long de mon bras. Ouah. Je n'avais jamais réagi de la sorte au contact d'un homme auparavant. Enfin, pas à moins de compter mon petit ami au lycée qui avait anéanti mon cœur en me larguant juste avant la remise des diplômes (un souvenir affreux).

Je glissai mes pieds dans mes talons, qui me pincèrent immédiatement les orteils— comme si les chaussures de marque étaient fabriquées en verre, telles les pantoufles de Cendrillon. Aïe. Comment avait-elle réussi à les porter toute la nuit ? Ah, oui. C'était un personnage d'animation. Et en tant qu'être humain non animé, je mis toute ma volonté pour que mes pieds résistent à la douleur le temps d'une chanson avec l'homme-mystère.

Il nous fraya un chemin à travers la foule d'invités élégants sur la piste de danse jusqu'à trouver un espace pour nous. Quand il se retourna pour me faire face, le rythme palpitant du morceau endiablé du DJ s'estompa pour laisser place aux notes de la chanson *Beauty and the Beast*. Céline Dion commença à chanter les premières paroles, et très vite, la superbe voix de Peabo Bryson la rejoignit, ce qui me donna des frissons. Ou peut-être que ces frissons étaient dus au fait que ce séduisant inconnu était en train de me fixer du regard avec ses yeux bleus magnifiques derrière son masque noir.

Le coin de sa bouche se souleva.

« Si seulement vous portiez une robe de bal jaune.

— Vous connaissez cette chanson ? » demandai-je en levant mes sourcils d'un air interrogateur.

Enfin, d'un air aussi interrogateur que possible avec un masque qui couvrait la moitié de mon visage.

« Comment êtes-vous aussi familier avec le personnage de Belle ? demandai-je.

— Ma nièce est fascinée par les princesses de Disney », dit-il en m'attirant délicatement dans ses bras, avant de se balancer au rythme de la musique d'une façon qui me faisait flancher des genoux. « J'ai dû acheter une ou deux robes de bal pour son anniversaire au fil du temps.

— Vraiment ? » dis-je en me rappelant que le dernier type avec qui j'étais sortie ne se souvenait même pas de mon anniversaire.

Non pas qu'il s'agissait d'un rencard. Ce n'était qu'une danse. Mais malgré tout, mon cœur battait la chamade et j'avais un peu de mal à respirer en le sachant si près de moi.

« C'est adorable de savoir ce qu'elle aime.

— Ça m'arrive de temps en temps, plaisanta-t-il.

— Eh bien, de toute façon, je ne peux pas vraiment prétendre passer pour Belle ce soir... »

Je montrai du doigt mes cheveux blond banane qui tombaient sur mes épaules.

« Ce n'est pas la bonne couleur de cheveux. »

Il saisit quelques mèches entre ses doigts en se penchant pour les examiner, avant de les relâcher.

« Comme du fil d'or tissé.

— Du fil d'or tissé, hein ? dis-je en essayant de ne pas montrer que mon cœur battait à toute allure, avant de poursuivre en continuant sur le thème des contes de fées. « Est-ce que cela ferait de vous... le nain Tracassin ? »

Il fit un sourire en coin et toucha à nouveau mes cheveux en soulevant une mèche dans sa main.

« *Tout cela devra être filé en une seule nuit ; si tu réussis, tu seras ma reine* », dit-il en citant le livre.

« Impressionnant », répondis-je.

Un frisson exquis me parcourut le dos en l'entendant réciter une réplique du roi de l'histoire. L'idée d'être la reine de cet inconnu masqué me donna un peu le vertige. Mais bon, cet homme connaissait bien les contes de fées, ce qui était la chose la plus sexy du monde.

Il s'approcha plus près alors que nous dansions au rythme de la mélodie romantique. Je tombai dans le silence. Parler de conte de fées me rappela, une fois de plus, que mon livre avait été refusé par la seule maison d'édition que j'avais choisie. Je me démenais pour réprimer cette pensée déprimante de mon esprit, mais en vain. Il s'avérait que les rêves anéantis ne disparaissaient pas comme par magie lors d'une danse romantique digne d'un conte de fées. La musique passa à un morceau que je ne reconnaissais pas, mais cet homme-mystère ne fit rien pour lâcher ma main. Au lieu de ça, il fit un pas en arrière et me dévisagea alors que j'avais les yeux levés vers lui.

« Pourquoi paraissez-vous triste ? demanda-t-il.

— Cela se voit-il tant que ça ? » dis-je en me demandant comment il pouvait déchiffrer aussi bien mon expression avec la moitié de mon visage caché.

Je haussai les épaules pour ne pas gâcher l'ambiance.

« Oh, vous savez, il y a des jours comme ça... Une déception au travail, c'est tout.

— Comment ça ? »

Je pris une profonde inspiration.

« Un projet que j'ai rendu n'était pas bon, apparemment. C'est donc retour à la case départ pour moi. »

Il fronça les sourcils.

« Je n'arrive pas à croire qu'on pourrait vous rejeter. Votre patron est sûrement un idiot. »

J'étais sur le point de lui dire qu'il n'était pas mon patron, mais je me ravisai en décidant de maintenir une ambiance optimiste.

« Alors, dites-moi, Tracassin, soutenez-vous l'organisation *Founding Friendships* ? Ou êtes-vous ici uniquement pour profiter du champagne gratuit ?

— En parlant de ça... »

Il fit un signe de tête en direction d'un serveur qui passait par là, glissa sa main autour de la mienne et me conduisit vers la petite table ronde où il m'avait trouvée la première fois. Il s'empara de deux flûtes de champagne du plateau du serveur et les posa sur la table. Puis il me tira une chaise.

« Merci », lui dis-je en m'asseyant avant de retirer mes talons.

« Pour vous répondre... »

Il s'installa à côté de moi et prit une gorgée de champagne, avant de reposer le verre.

« Si vous m'aviez posé la question il y a une demi-heure, j'aurais dit que je soutiens la fondation, mais que je suis également ici pour le champagne et les petits fours. »

J'inclinai ma tête.

« Et quelle serait votre réponse maintenant ?

— Que j'ai complètement oublié le champagne jusqu'à ce que vous l'évoquiez. »

Un petit sourire se forma sur mes lèvres.

« Et les petits fours ? »

Il secoua la tête.

« J'étais trop distrait par quelqu'un pour penser aux petits fours.

— Je prends ça comme un compliment », répondis-je en souriant avant de prendre une gorgée de champagne.

Ce type était beaucoup trop attirant. C'était inhabituel de voir un homme capturer mon intérêt de la sorte.

« Joli ordinateur portable, dit-il en montrant mon sac d'un signe de tête.

— Oh, euh... »

Je fis une grimace. Tout à coup, le fait d'avoir apporté mon fourre-tout sur lequel était marqué « Je préférerais lire un bouquin » ne semblait pas avoir été une si bonne idée que ça. Je pensai à mon sac à main noir en satin chic que j'avais jeté sur mon lit à la dernière minute en quittant ma chambre.

« Tournez les pages, au lieu de faire tourner les têtes... » lut-il en examinant les autocollants sur mon ordinateur. « Lisez entre les lignes. Lire ou ne pas lire... est-ce vraiment une question ? Est-ce une tendance que je vois là, Belle ? »

Je souris en appréciant le surnom. Je haussai une épaule.

« Qu'est-ce que je peux dire ? J'aime les livres. »

Il tourna ses yeux vers moi pour me dévisager pendant un long moment, avant de retourner son attention vers mon ordinateur.

« Et celui-là ? »

Je le vis qui tapota son doigt sur l'un des plus gros autocollants, qui était une photo de la plus magnifique paire de talons qui soit. Couleur argent, étincelante, et bien au-delà de mon budget. Mais c'était mon inspiration. Un jour, mes chaussures viendraient (et avec un peu de chance, elles seraient plus confortables que celles que j'avais au pied).

« Ah, ces talons », dis-je en me mordant la lèvre inférieure avant de sourire. « Certains rêvent d'acheter une maison, une voiture sophistiquée ou un bateau à St. Tropez. Moi ? Je rêve de posséder un placard rempli de sublimes chaussures, et ce sera le cas... un jour. »

J'omis de dire que si mon manuscrit n'avait pas été rejeté, j'aurais dépensé une partie de mon avance sur ces magnifiques talons.

Il ricana.

« La lecture et les chaussures. Vous avez certainement des priorités intéressantes. »

Je levai un sourcil, ce que je regrettai immédiatement lorsque ma lentille de contact me piqua à nouveau l'œil.

« J'imagine qu'il y a beaucoup de choses à apprendre sur moi. »

Il souleva encore une fois quelques mèches de mes cheveux.

« Heureusement, je suis un bon élève. »

Mon cœur fit un bond. Comment cet homme, cet inconnu, pouvait-il me couper autant le souffle ? En l'espace d'une heure, j'étais passée d'un état dans lequel je n'étais pas du tout intéressée par les rencards, à souhaiter que ce rencard-là — même si cela n'en était pas un, vraiment — ne se termine jamais.

Une femme âgée s'assit à la table, puis leva les yeux pour nous regarder d'un air étonné et perdu.

« Oh, je suis désolée, mes chers. Je croyais qu'il s'agissait de ma table. J'ai dû me tromper... »

Sans hésiter, « Tracassin » se leva et me tendit sa main, alors que j'enfilais à nouveau mes talons.

« Non, cette table est la vôtre. Nous nous sommes sûrement trompés de table. »

Il fit un clin d'œil à la femme, qui eut l'air soulagé.

« Ça doit être le champagne », ajouta-t-il.

En nous éloignant, je me tournai vers lui.

« Vous saviez que c'était notre table, n'est-ce pas ? »

Il se pencha à mon oreille.

« Je n'avais pas le cœur de lui dire qu'elle s'était trompée. Cela me semblait plus gentil de la lui céder. J'espère que cela ne vous dérange pas ? »

Il avait fait ça pour elle ? C'était tellement adorable !

« Est-ce que cela me dérange que vous soyez un gentleman

incroyablement attentionné ? Je crois que je vais répondre non »,
dis-je, stupéfaite par l'homme masqué qui marchait à côté de moi.

Juste avant d'arriver à la piste de danse, je m'arrêtai soudainement, nos deux bras étendus entre nous à cause de nos mains
jointes. Il se tourna vers moi en levant les sourcils. Je m'avançai en
réduisant la distance qui nous séparait, le regard fixé dans ses yeux
bleus derrière le masque. Un oncle aimant ? Amateur de livres ? Et
qui renonçait à sa table au profit d'une personne âgée ? Il avait l'air
d'un héros tout droit sorti d'un conte de fées moderne.

Peut-être que c'était à cause de la journée que j'avais passée
et la façon dont cet homme l'avait soudainement transformée, ou
peut-être que c'était à cause de la sensation de ma peau contre la
sienne, mais quelle que soit la raison, je me hissai tout à coup
sur la pointe des pieds, fermai les yeux et appuyai ma bouche
contre la sienne. Il se figea pendant un instant, comme s'il était
surpris par mes actions. À vrai dire, j'étais un peu étonnée moi-
même.

Mais quelques secondes plus tard, sa main vint frôler ma joue
et sa bouche captura la mienne. Mon cœur fit un bond lorsqu'il
m'embrassa longuement et tendrement, et je fondis contre lui.
D'accord, nous ne nous connaissions que depuis peu de temps,
mais j'en savais assez pour réaliser qu'un homme comme lui n'arrivait pas tous les jours. Alors que ses lèvres effleuraient les
miennes, des frissons me parcoururent le dos, et j'avais l'impression que nous étions dans un véritable bal digne de conte de fées.
Telle une scène romantique de mon roman, je me sentis complètement égarée dans l'instant...

« Te voilà, Michelle ! » cria Krista, ce qui me fit sursauter.

Mon cœur battait maintenant à toute allure pour une autre
raison. Elle me tendit son téléphone portable.

« Désolée, mais c'est urgent... Ton demi-frère est dans une
situation délicate, si tu vois ce que je veux dire.

— Quoi ? demandai-je en sortant de mon rêve éveillé.

— Il est au téléphone. Tu ferais mieux de lui parler, tout de suite. »

Je levai les yeux vers « Tracassin », qui fit gracieusement un pas en arrière.

« Je vais vous laisser tranquille », dit-il.

Je hochai la tête en prenant une profonde inspiration, puis portai le téléphone de Krista à mon oreille. Dans quel genre de pétrin Phillip s'était-il mis maintenant ?

« Allô ? dis-je.

— Michelle, c'est toi ? » demanda Phillip.

Quelqu'un était en train de hurler dans le fond à l'autre bout de la ligne. Je me bouchai l'autre oreille et m'éloignai de la piste de danse pour mieux entendre.

Je fronçai les sourcils.

« Phillip, qu'est-ce qui se passe ?

— Je t'en prie, viens m'aider. Mon proprio va me mettre à la porte. Il dit que j'ai oublié de payer mon loyer ce mois-ci…

— C'est vrai ? demandai-je.

— Eh bien… oui », avoua-t-il.

Derrière lui, j'entendais le propriétaire grossier en train de crier qu'il avait « oublié » le mois dernier, et le mois d'avant, et qu'il en avait assez d'être gentil.

« Mais ce n'est pas ma faute si on m'a licencié à mon travail. Il va me virer si je ne lui donne pas l'argent tout de suite.

— Tu plaisantes ? » demandai-je en prenant une autre inspiration.

La panique dans sa voix indiquait clairement qu'il ne s'agissait pas d'une blague. J'entendis le propriétaire crier qu'il avait appelé la police.

« Il dit que les flics sont en route. S'il te plaît. J'ai besoin de toi. »

Mon cœur se serra au moment de prendre ma décision.

« D'accord, Phillip. Dis à ton propriétaire d'attendre un instant et que j'arrive tout de suite. Essaie juste de... ne pas aggraver la situation. Excuse-toi jusqu'à ce que j'arrive. »

Je redonnai le téléphone à Krista, puis me retournai pour dire au revoir à Tracassin, mais celui-ci avait disparu. Je regardai autour de la salle, voulant le remercier pour la danse. Je ne pouvais pas partir sans lui dire au revoir.

Mais c'est alors que l'image de Phillip dans une cellule de prison me traversa l'esprit. Je n'avais pas le temps de chercher l'homme qui avait transformé ma journée. Parce que mon demi-frère irresponsable venait d'avoir de graves ennuis et qu'il fallait que je le tire d'affaires — ou le sorte de prison, si je n'arrivais pas à temps.

Le cœur gros, j'expliquai rapidement à Krista ce qui était arrivé et m'excusai auprès d'elle de devoir m'en aller. Puis je sortis de la salle de bal en courant, hélai un taxi devant l'hôtel et y montai en vitesse. Je ne savais pas comment faire pour transmettre un message à Tracassin, étant donné que je ne connaissais pas son numéro de téléphone, ni son nom.

La déception s'empara de moi quand je réalisai qu'il y avait peu de chances pour que je le revoie grâce à mon demi-frère maléfique.

Ce n'est qu'à mi-chemin vers l'appartement de Phillip que je me rendis compte que j'avais oublié mon ordinateur portable.

<h1 style="text-align:center">CHAPITRE TROIS</h1>

Le taxi s'arrêta le long du trottoir devant l'immeuble de Phillip. Je me dépêchai de remonter le chemin en éprouvant une pointe de compassion pour mon demi-frère. Il semblait également prendre conscience qu'il gâchait tout, et je sais que cela nuisait à son estime de soi. Je posai le doigt sur la sonnette, mais c'est là que la porte d'entrée s'ouvrit et que deux hommes en sortirent, d'un pas chancelant. Ils me regardèrent de haut en bas, et je me rendis compte que je portais toujours ma robe noire en soie.

Étais-je trop habillée pour un jeudi soir ? Moi ? Peut-être un peu...

Alors que les deux types s'éloignaient, je regardai autour de moi — aucune voiture de police en vue. Aussi, de la musique provenait de l'appartement de Phillip. Très étrange pour quelqu'un sur le point d'être arrêté et viré de son logement. Puisque la porte était toujours ouverte après le départ des deux hommes, je m'avançai à l'intérieur pour trouver mon demi-frère dans la cuisine.

« Frangine ! Tu veux un verre ? Je fais la fête.

— Je suis venue ici aussi vite que j'ai pu, Phillip », dis-je en regardant autour de la cuisine, mais personne d'autre n'était là. « Où est ton propriétaire ?

— Hugo est parti quand il a su que tu allais venir pour m'aider encore une fois », dit-il en prenant une gorgée de sa bouteille de bière. « Tu es censée aller le voir chez lui pour gérer les détails.

— Ah bon ? » demandai-je en secouant la tête.

Il serait en train de boire avec ses mains, pendant que je réglais ses problèmes financiers, même si on m'avait arrachée à ma soirée en compagnie de l'homme le plus intéressant que j'avais jamais rencontré ? Quel était le problème avec cette image ? Je poussai un soupir, puis traversai le salon et éteignis la musique.

« Tu as dit que la police arrivait, Phillip.

— C'est que m'a dit Hugo. Il bluffait sûrement », dit-il en me regardant de haut en bas. « Mais qu'est-ce que tu portes ? On dirait que tu as fouillé le placard de maman.

— J'assistais à un gala de bienfaisance à l'hôtel Geoffries quand tu m'as appelée.

— Oh-oh. Tu as l'air contrarié, dit-il en grimaçant.

— Non, je suis furieuse », répondis-je en plaçant mes mains sur mes hanches et en essayant de me calmer en comptant jusqu'à dix, non *vingt*.

Pas étonnant que maman avait coupé les ponts avec lui après que son père — mon beau-père — avait déménagé.

Phillip était déprimé depuis le divorce quand son père est parti il y a deux ans. Pour être honnête, j'avais de la peine pour lui. Je me rappelais ce que j'avais ressenti quand mes parents avaient divorcé, et ce n'était pas amusant. Même si Phillip n'avait que trois ans de moins que moi, à l'âge de vingt-cinq ans, il ne s'était toujours pas ressaisi au point de vue financier. C'était l'un des principaux sujets de dispute de ma mère et mon beau-père.

Quand Phillip avait trouvé cet appartement il y a six mois, j'avais cosigné le bail pour qu'il puisse se reprendre en main. Chose que j'avais regrettée plusieurs fois depuis.

En me dirigeant à nouveau vers la cuisine, je remarquai un tas de sacs de course sur un fauteuil chic, qui portaient les noms des magasins les plus exclusifs de Sacramento. Était-ce comme ça que Phillip avait dépensé l'argent de son loyer ? En faisant une virée shopping dans des boutiques de luxe ?

« Euh, ce n'est pas pour te presser, mais il faut peut-être que tu ailles chez Hugo le plus vite possible. Il était plutôt déchaîné.

— Oui, je me rappelle ses cris », dis-je en secouant la tête. « La fête est terminée ce soir, Phillip. Je suis sérieuse. »

Avec un soupir, je me rendis chez le propriétaire à l'étage et j'appris que Phillip lui devait neuf-mille-huit-cents dollars en arriéré de loyer. Je réussis à arranger les choses en lui proposant mille dollars d'avance, ce qui était la somme entière de mes économies. Puis je négociai un accord avec lui pour payer le reste d'ici la fin du mois. Il restait donc à Phillip (ou plutôt à moi) un peu plus de deux semaines et demie pour rassembler l'argent.

À mon retour dans l'appartement de Phillip, je le trouvai seul assis à la table de la cuisine. Il leva les yeux vers moi avec un regard rempli d'espoir.

« Tout est réglé ? »

Je hochai la tête, épuisée.

« Tu as jusqu'à la fin du mois pour payer huit-mille-huit-cents dollars, ou tu seras viré pour de bon. Je viens de lui donner mille dollars pour te faire gagner du temps. »

Il arracha l'étiquette de sa bouteille de bière.

« Je te rembourserai cette fois. Je le jure.

— Ce serait sympa, vu que c'étaient toutes mes économies. Si tu ne peux pas trouver le reste de l'argent, tu te retrouveras dans la rue, parce que je n'ai plus d'argent à te donner. Il est temps que tu grandisses, Phillip. Oui, ton père est parti. Oui, il nous a tous laissé tomber. Mais à un moment donné, il faut que tu te ressaisisses. Tu ne veux pas vivre ta vie comme ça, si ?

— Tu as toujours été la gentille fille de la famille. Je ne sais pas comment tu fais », dit-il avec des larmes dans ses yeux gris-bleu qui ressemblaient aux miens. « Tu as toujours l'air de retomber sur tes pieds. Un appartement sympa, de l'argent à dépenser, des fêtes chics où t'amuser apparemment...

— Pour ta gouverne, j'étais à un gala de bienfaisance pour les sans-abris, ce que tu vas finir par devenir si tu ne te reprends pas en main. »

Il leva les yeux au ciel.

« On dirait ta mère. »

Je me dirigeai vers la porte, en me retournant avant de l'ouvrir.

« Ah oui ? Eh bien, tu sais quoi, Philip ? Elle a un toit au-dessus de la tête et de l'argent à la banque. Tu devrais suivre son exemple au lieu de la critiquer. »

Il resta silencieux, mais le muscle qui palpitait sur sa tempe me dit qu'il m'avait entendue.

« Bonne nuit, Phillip. »

Il hocha la tête.

« Bonne nuit, frangine. »

Je m'engouffrai dans la rue et me mis à appeler un taxi. Mais je me ravisai en commençant à marcher dans mes talons qui me faisaient mal, puisqu'il ne me restait plus d'argent pour me payer le trajet en taxi pour rentrer chez moi.

Après un jogging matinal avec ma colocataire, Missy Peters, je l'accompagnai à son magasin de vêtements chic, *Retard à la Mode*, puis allai me chercher un café au Stand de café de Courtney Carmichael. D'habitude, Missy m'aurait accompagnée, mais elle était en retard pour une réunion.

« Bien le bonjour, Michelle ! »

Le visage de Courtney Carmichael s'illumina en me voyant. Courtney était une ancienne avocate qui avait eu une carrière réussie, mais elle avait été accro au boulot. Son mari avait fini par la quitter parce qu'elle ne faisait pas suffisamment attention à lui (ou, en tout cas, c'était la raison qu'il lui avait donnée).

Après avoir réalisé qu'elle manquait de vivre sa vie en se battant pour les autres au tribunal, elle avait décidé de renoncer à ce mode de vie où tout allait très vite et de recommencer à zéro avec son stand de café. Son café était délicieux, et elle était pratiquement devenue incontournable à Sacramento. Tous ceux que je connaissais fréquentaient cet endroit.

Elle semblait avoir une collection infinie de hauts aux couleurs vives qu'elle portait pour, d'après elle, se rappeler que la vie était amusante, mais courte. Aujourd'hui, son T-shirt disait : « Souriez tant que vous avez des dents », avec l'image d'une bouche aux lèvres rouges à paillettes avec des dents formées de petites perles. Cela me fit presque sourire. Presque.

« Est-ce bien un bon jour, Courtney ? » demandai-je.

Je m'étais réveillée ce matin d'une humeur mitigée après hier soir. D'une part, j'étais encore agacée par le comportement irresponsable de Phillip, mais d'autre part, je ne pouvais pas arrêter de penser à mon « rencard accidentel » avec le Prince Charmant (aussi connu sous le nom de Tracassin). Mais encore d'autre part (et après le chaos que j'avais traversé), j'étais morte d'inquiétude à l'idée de trouver l'argent pour payer l'arriéré du loyer de Phillip.

Même si j'avais dit à mon demi-frère que c'était sa responsabilité, il savait également que, tout comme moi, en tant que cosignataire, il était légalement de mon ressort de payer cette somme. L'avance sur mon livre aurait épongé sa dette, mais maintenant que *Prince & Company* avait rejeté mon manuscrit, j'étais de retour à la case départ, et à la recherche désespérée d'un autre éditeur.

Et d'un café. J'avais désespérément besoin d'un café.

« Oh, ma chère, mauvaise nuit ? demanda Courtney.

— On peut dire que j'ai passé une mauvaise nuit, mais il faudrait multiplier ça par dix, grâce à mon demi-frère. »

J'acceptai mon gobelet de café et m'appuyai contre le stand de Courtney.

« Phillip ? Qu'est-ce qu'il a fait cette fois ?

— Oh, tu sais, des histoires d'argent. À vrai dire, je m'en fais plus pour mon ordinateur portable. Je suis allée à un gala de charité à l'hôtel Geoffries hier soir...

— Quel chic », dit Courtney en hochant la tête d'un air approbateur.

« Carrément. Mais j'ai laissé mon ordinateur là-bas. J'ai appelé le concierge, mais personne ne l'a rapporté. Maintenant, je n'ai aucun moyen de le retrouver. »

Courtney fronça les sourcils.

« Je sais à quel point ton ordinateur portable compte pour toi, mais je ne te demanderai même pas pourquoi tu as apporté ton ordinateur à un bal de charité. Je suppose que tu n'as pas installé le traceur GPS dont on a parlé après que ta mère t'a offert l'ordinateur pour Noël ? »

J'en fus bouche bée. Je m'en rappelais maintenant ! J'avais immédiatement installé le logiciel, mais j'avais complètement oublié cette histoire. Je sortis mon téléphone et essayai de trouver l'application. Courtney regarda par-dessus mon épaule, et on attendit le chargement de la carte. En effet, un petit point rouge apparut à l'écran et clignota en se déplaçant lentement dans une rue du centre-ville.

« Ton ordinateur est en mouvement », dit-elle en levant la tête vers moi. « Hé, cette adresse n'est qu'à quelques pâtés de maisons d'ici !

— Tu es un génie », dis-je avant de saisir un couvercle pour mon gobelet et d'embrasser Courtney sur la joue. « Merci. Je te tiens au courant.

— Bonne chance ! » lâcha-t-elle avant de servir le client suivant de la file.

J'observai le point rouge se déplacer alors que je suivais la carte, tout en faisant attention à ne pas foncer sur des poteaux pendant que je marchais tête baissée. L'espoir remplit mon cœur, non seulement à l'idée de récupérer mon ordinateur, mais aussi parce que je réalisai que, peut-être, l'homme-mystère de la soirée l'avait trouvé et essayait maintenant de me contacter. Je souris. J'étais comme une Cendrillon des temps modernes, à sortir du bal en courant à minuit (bien qu'il ait été plutôt près de vingt-trois heures) en laissant ma pantoufle de verre derrière moi. Enfin, en tout cas, il y avait un autocollant des chaussures de mes rêves sur le capot de mon ordinateur portable.

Je consultai à nouveau mon téléphone. Le point rouge venait de s'arrêter à un endroit qui se trouvait juste au tournant suivant. Je poussai un râle en réalisant que les bureaux de *Prince & Company*, l'ancienne maison d'édition de mes rêves (et actuel ennemi juré), se situaient dans la même rue. À vrai dire, on dirait que mon ordinateur portable s'était arrêté juste devant leur porte.

Je tournai à l'angle de la rue, en prenant conscience que je portais ma tenue ordinaire de romancière : pantalon de yoga et pull extra-large. J'étais sortie dans une telle panique ce matin que je n'avais même pas pensé à qui je pourrais croiser. Si mon ordinateur se trouvait effectivement entre les mains du Prince Charmant (ou Tracassin), j'espérais qu'il appréciait aussi bien le look décontracté que le look élégant.

Comme j'étais perdue dans mes pensées, je fonçai droit sur l'homme qui se tenait devant l'entrée de *Prince & Company*.

« Oh ! » m'exclamai-je en faisant un pas en arrière et en me frottant le front. « Je suis tellement désolée, je ne regardais pas où je mettais les pieds. Je suis ravie de ne pas avoir renversé mon café sur... »

L'homme se retourna, et des yeux bleus sublimes croisèrent mon regard.

« C'est vous... »

Mon cœur manqua un battement alors que j'examinais

l'homme maintenant sans son masque. Cheveux noirs. Lunettes. Petite cicatrice au-dessus du sourcil due à sa chute de vélo quand il était enfant. Oh, *non*.

« Brooks Keller », dis-je.

L'homme que j'avais rencontré par hasard n'était pas seulement le héros de conte de fées de la nuit dernière, mais il s'agissait aussi de Brooks Keller, mon ex-petit ami et briseur de cœur qui m'avait quittée en m'anéantissant juste avant la remise des diplômes.

C'est alors que j'aperçus mon ordinateur portable dans ses bras, ce qui était ironique vu que c'était là que j'avais passé une grande partie de ma terminale au lycée de Blue Moon Bay. Il avait l'air un peu plus grand que dans mes souvenirs, et une carrure plus musclée — s'était-il mis à la musculation ? — mais ses cheveux noirs indomptables paraissaient encore plus indisciplinés maintenant.

« Michelle Moss », dit Brooks.

Sa voix semblait un peu plus grave, mais aussi tellement familière que je m'en voulais de ne pas l'avoir reconnue hier soir. La faute à la musique. Merci beaucoup, Céline Dion.

« Ça fait longtemps. Comment vas-tu ?

— Très bien, Brooks », répondis-je, même si je n'allais pas bien maintenant, ni quand il m'avait brisé le cœur.

Je plissai les yeux en le regardant.

« Je suis vraiment ravie de voir mon ordinateur portable, que tu aurais simplement pu rapporter à l'hôtel Geoffries.

— C'est le tien ? »

Ses yeux passèrent de moi vers l'ordinateur, puis revinrent sur moi. Il fixa ensuite mes cheveux, qui étaient amassés sur le sommet de mon crâne. Comme du fil d'or tissé, comme il avait dit.

« Non, je l'ai trouvé hier soir et je l'emmène dans mon bureau pour voir si je peux trouver un moyen de contacter son propriétaire vu qu'il est verrouillé et que je ne connais pas le mot de passe...

— Eh bien, maintenant, tu n'as pas besoin de la contacter, parce que je suis ici. Alors, si tu veux bien me le remettre, je te laisserai vaquer à tes occupations », dis-je, agacée à l'idée de le revoir, à l'idée qu'il était Tracassin et à l'idée qu'il avait l'air encore plus séduisant que dans mes souvenirs.

« Allons à l'intérieur et régler tout ça. »

Il saisit un numéro sur le pavé numérique de l'interphone, puis fit un pas en arrière comme s'il était un gentleman qui voulait me laisser entrer en premier. Un gentleman aurait-il largué sa copine avant la remise des diplômes sans explication ? Je ne crois pas.

« Toi d'abord », dit-il, puisque je n'avais pas bougé.

Mon regard se posa sur la plaque en relief à côté de la porte, et je restai bouche bée.

« Attends, tu travailles ici ? » demandai-je en fixant la plaque qui indiquait *Éditions Prince & Company*. Je commençai à avoir le vertige. Non, ce n'était pas possible.

« Oui, je travaille bien pour Prince & Company. D'ailleurs, je viens d'être promu au poste d'éditeur. »

Mes oreilles commencèrent à bourdonner. Je n'arrivais pas à croire ce que je venais d'entendre. Je sortis mon téléphone et fis défiler mes emails jusqu'à trouver le message de rejet de *Prince & Company*. J'examinai la fin de la lettre : *B. Keller, éditeur*.

« C'est pas vrai », dis-je en lui lançant un regard noir.

Non seulement cet homme m'avait brisé le cœur au lycée, mais il l'avait fait à nouveau presque dix ans plus tard en rejetant mon manuscrit. Et il avait pris mon ordinateur portable hier soir ? Mon Prince Charmant s'était transformé en crapaud, un crapaud d'éditeur, littéralement du jour au lendemain. Pas comme un conte de fées devrait se dérouler.

CHAPITRE QUATRE

En prenant une longue gorgée de café, je suivis Brooks dans l'ascenseur qui nous fit monter en silence au dernier étage de la maison d'édition *Prince & Company*. J'aurais préféré marcher le plus vite possible dans la direction opposée, mais il avait mon ordinateur et refusait de me le remettre jusqu'à ce que je prouve qu'il m'appartenait. C'était tellement typique de lui, tellement pragmatique et si... Je voulais dire *barbant*, mais je ne pouvais pas m'y résoudre parce que j'avais passé le moment le plus excitant de ma vie avec Brooks.

Je l'observai du coin de l'œil, en me rappelant la nuit dernière. Tracassin avait été charmant, drôle, romantique et galant, alors que Brooks était malpoli et entêté. En voyant le bon côté des choses, le muscle latéral de sa mâchoire semblait se crisper plus que jamais. Même avec son attitude décontractée, je voyais qu'il était aussi mal à l'aise que moi. Ha !

Hier soir, il avait soigneusement peigné ses cheveux en arrière, tandis que la coupe actuelle de Brooks était ébouriffée de façon sexy, certes. Puis les mots « irréaliste, inimaginable et impubliable » me traversèrent l'esprit, ce qui me fit plisser les yeux.

C'est à ce moment-là qu'il me surprit en train de le regarder. Mes joues s'empourprèrent, et je me raclai la gorge.

« Je vois que tu ne sais toujours pas comment te servir d'une brosse à cheveux, Brooks », dis-je, vu qu'il s'agissait d'un vieux sujet de plaisanterie entre nous sur le fait qu'il était toujours beaucoup trop occupé à lire pour prendre la peine de brosser ses cheveux.

C'était notre amour commun des livres qui nous avait rapprochés en premier lieu. Quelle ironie.

Il passa ses doigts dans ses mèches noires et ouvrit la bouche pour dire quelque chose, quand l'ascenseur s'ouvrit avec un petit ding. On s'avança alors dans les locaux de *Prince & Company*. Il ouvrit la marche dans le hall et le couloir, avant de s'arrêter devant une porte fermée. Puis il ouvrit celle-ci et recula pour me laisser entrer. En passant à côté de lui, je sentis l'odeur caractéristique de l'eau de Cologne de la nuit dernière, ce qui incita mon cœur à faire un bond. Non, non, non ! Ce n'était tellement pas convenable de réagir comme ça maintenant, sachant que le Prince Charmant était mon ex.

« Je t'en prie, assieds-toi », dit-il.

Je m'installai dans un fauteuil en cuir qui se trouvait devant un grand bureau, sur lequel je posai mon gobelet de café vide. Des piles de manuscrits recouvraient soigneusement le dessus, mais le mien ne pouvait pas être là, puisqu'il avait probablement détruit les pages pour en faire un lit à hamster quelque part.

Irréaliste, inimaginable, et impubliable !

Mes épaules se crispèrent en le regardant placer soigneusement mon ordinateur sur le bureau. Puis il s'assit dans son fauteuil en m'examinant avec ses yeux incroyablement bleus, ces mêmes yeux qui avaient plongé dans les miens de derrière son masque la nuit dernière. Il sortit une paire de lunettes de sa poche de veste et les mit sur le nez, ce qui lui donna un air d'intello sexy.

Pourquoi la vie était-elle si cruelle ?

« Tu m'a rejetée ! lâchai-je.

— Rejetée ? » demanda Brooks avec une expression affligée sur son visage.

Il retira ses lunettes et se massa l'arête du nez avant de les remettre.

« Michelle, je suis désolé. Mais c'était... quoi... il y a dix ans ?

— On a rompu il y a neuf ans et demi, pour être plus précis, et je ne parle pas de ça. Ce que je veux dire, c'est que tu as rejeté mon manuscrit. »

L'air perdu, il scruta la pile de documents sur son bureau, qui ne pouvait être que la pile poubelle. Tant de rêves anéantis, probablement à cause de ses mots plein de méchanceté.

« De quoi parles-tu ? Je n'ai même pas vu de manuscrit de ta part...

— Mon nom de plume est Mia Mapleton. Ça te dit quelque chose ? *Il était une rencontre ?* »

Alors que je lui révélais mon pseudonyme et titre de livre, je remarquai que ma jambe s'agitait de haut en bas, une habitude que j'avais eu depuis toute petite et qui se produisait quand j'étais nerveuse ou agacée. En ce moment, j'étais les deux.

Il écarquilla les yeux quand la prise de conscience s'empara de lui.

« Oh.

— C'est tout ? Juste *oh* ? Tu sais que j'ai toujours voulu être romancière. Et quand je finis par écrire un livre dont je suis vraiment fière, tu le jettes tout simplement à la poubelle. On dirait que c'est une habitude chez toi, pas vrai, de me jeter ? »

Il me fixa avec incrédulité et secoua la tête.

« Écoute, séparons les deux choses, d'accord ? D'abord, je suis désolé de t'avoir fait souffrir au lycée. Crois-moi, Michelle, c'était la dernière chose que je voulais faire. Mais...

— Je n'étais pas suffisamment bien pour toi. Je ne lisais pas le bon genre de livres pour toi, pas vrai ? »

Je m'étais toujours dit que cela avait été la raison pour laquelle il m'avait larguée, parce que, tandis que Brooks lisait les ouvrages classiques, j'avais toujours le nez enfoui dans des histoires d'amour avec des héros, des héroïnes et des fins de conte de fées.

Brooks eut l'air abasourdi.

« Quoi ? Michelle, je n'ai jamais dit ou… »

Je levai ma main.

« Oublie ça, d'accord. Parce que je m'en suis remise.

— On ne dirait pas. »

Je lui lançai un regard noir.

« Tenons-nous-en à ce qui est important. Mon livre. »

Il prit une profonde inspiration et me regarda fixement. Puis il secoua la tête, ouvrit un tiroir et en sortit un tas de papiers.

« Ce livre ? »

J'écarquillai les yeux.

« Je vois qu'il n'est pas détruit. »

Il me lança un regard que je ne pouvais déchiffrer.

« Tu écris sous le nom de… Mia Mapleton ? »

Je hochai la tête, la gorge serrée, alors que je pensais au message de refus. J'avais mis mon cœur et mon âme dans ce livre.

« Tu l'as détesté.

— Non, ce n'est pas vrai, Michelle. Le livre était bon. Le style était excellent, à vrai dire. Mais c'était juste… »

Sa voix s'éteignit, constatant probablement qu'il était difficile d'être aussi dur en personne.

Mon cœur battait à tout rompre.

« C'était juste quoi ?

— C'était juste… invraisemblable. Il faut que nos lecteurs puissent croire en nos livres…

— Arrête ton argument de vente, Brooks. Qu'est-ce qui est tellement invraisemblable dans *Il était une rencontre* ? »

Il fit descendre ses lunettes sur son nez et se frotta les yeux. Il avait l'air fatigué. J'en étais contente.

« La vie ne ressemble simplement pas à ce que tu as mis dans l'histoire, Michelle. L'amour n'est pas que cœurs et fleurs, sur un air de violon. »

Je le regardai dans les yeux.

« Ça peut l'être.

— Pas selon moi. »

Brooks eut au moins la décence de paraître mal à l'aise. Il posa mon manuscrit et retourna son attention vers mon ordinateur portable.

« Donc, tu dis qu'il est à toi ? »

Je hochai la tête.

« Cet ordinateur est bien à moi.

— C'est ton autocollant ? » demanda-t-il en désignant la photo des talons hauts.

« Oui. »

Son expression indiqua qu'il comprenait enfin.

« Donc, ça veut dire que... »

Je laissai échapper un soupir.

« Que la soirée féérique que tu as passée hier soir, c'était avec moi. Et ne prends même pas la peine de nier qu'elle était magique, Brooks Keller, parce que je sais que tu l'as également ressenti. »

Un petit sourire s'afficha sur ses lèvres — les mêmes lèvres, me rappelai-je tout à coup, que j'avais embrassées hier soir. Les mêmes lèvres que j'avais embrassées un million de fois avant.

« Oh-oh. Je suis dans de beaux draps. Tu viens de prononcer mon nom de famille. »

Je souris malgré moi. Brooks et moi avions eu notre lot de disputes lorsque nous sortions ensemble, et il savait toujours qu'il était dans le pétrin parce que j'utilisais son nom complet.

« Michelle Moss. Je n'arrive pas à croire que c'était toi, hier soir », dit-il en secouant la tête, incrédule. « Peut-être que j'aurais dû le savoir. Enfin bon, on pourrait penser que, euh, certaines choses resteraient familières à tel point que...

— Tu veux dire, comme m'embrasser ? » proposai-je.

Il hocha la tête.

« Oui, exactement. Comment n'avons-nous pas su ?

— Oh, crois-moi. Je n'en avais aucune idée. Pas la moindre. À vrai dire, jamais de la vie j'aurais...

— J'ai saisi », dit-il en levant sa main, ses sourcils froncés. « Mais où est-ce que tu es passée après, eh bien, tu sais ? Je suis passé à la table pour prendre ton ordinateur portable, et quand je suis revenu là où on était, tu avais disparue. »

C'était donc là qu'il était allé.

« Urgence familiale, répondis-je.

— Tout va bien, maintenant ? »

Je haussai les épaules.

« Autant que possible.

— C'est bien », dit-il en hochant la tête avant de faire glisser l'ordinateur sur le bureau dans ma direction. « Écoute, je suis désolé à propos de ton livre, Michelle. Mais il est vraiment bon.

— Juste invraisemblable », fis-je remarquer.

Même si mon conte de fées des temps modernes pourrait certainement se produire dans la vraie vie. À vrai dire, la nuit dernière aurait fait un génial chapitre deux.

« Voici ce que je te propose », dit-il en se penchant en avant, les mains jointes devant lui. « Réécris le livre avec des personnages *réels* dans des situations *réelles*, et j'y jetterai un autre coup d'œil.

— Tu veux dire, le rendre froid et sans cœur, comme toi ? »

Je saisis mon ordinateur portable avant de me lever. J'étais de nouveau contrariée, et je ne lui donnerais pas la satisfaction de me voir pleurer. J'avais versé suffisamment de larmes à cause de Brooks dans mon adolescence. Je n'allais pas recommencer maintenant que j'avais vingt-sept ans.

Il se leva.

« Je n'ai pas eu l'intention de te contrarier. Je voulais te donner une autre chance.

— Eh bien, merci pour rien », dis-je la gorge serrée encore une fois.

Une seconde chance de sa part était la dernière chose dont j'avais besoin.

« J'aimerais dire qu'il était bon de te revoir, mais je préférerais écrire un livre sur des clés à molette plutôt que de changer une seule page de mon roman pour convenir à ton cerveau irréaliste, peu romantique et indéchiffrable. »

Sur ce, je franchis calmement la porte à grands pas et me dirigeai vers l'ascenseur. Malgré mon courage, plus je m'éloignai de son bureau, plus il était difficile d'empêcher les larmes de couler. J'appuyai sur tous les boutons de l'ascenseur, sans me soucier de savoir à quel étage il m'emmenait, pourvu que ce fût loin d'ici. J'entrai dans la cabine, prête à profiter seule d'un moment pour craquer, mais au moment où les portes se refermèrent, une main se glissa entre elles et celles-ci s'ouvrirent à nouveau.

Brooks entra dans l'ascenseur et le laissa se fermer derrière lui. Génial. Je fixai mes yeux sur les portes en refusant de regarder dans sa direction.

Il se tourna vers moi.

« Écoute Michelle, s'il te plaît, ne te méprends pas. J'ai adoré le livre, vraiment. Et si j'étais à la recherche d'un conte de fées moderne, j'aurais sauté dessus. Les descriptions étaient magnifiques, le style intense et original, et ça m'a fait rire plusieurs fois. Mais les lecteurs ne veulent pas de ce genre d'histoires d'amour. Ils veulent la vraie vie. »

Je fronçai les sourcils alors que l'ascenseur émettait un petit ding en s'arrêtant à l'étage suivant lors de notre descente.

« Je crois qu'on appelle ça un compliment ambigu.

— Je dis juste que...

— Ton rejet était très clair, Brooks », dis-je en pensant que son éloge concernant mon style ne fit rien pour atténuer la peine.

L'ascenseur se ferma et continua de descendre.

« Nous allons devoir accepter de ne pas être d'accord. Parce que je sais que, dans la vraie vie, l'amour peut être exprimé avec les grands gestes qu'on voit dans mon livre, tout comme deux inconnus masqués peuvent trouver l'amour lors d'un bal de charité. Mais pas nous, parce que tu n'as pas exactement été honnête à propos de ton point de vue pessimiste sur l'amour en tant qu'éditeur. »

Ding ! On s'arrêta à l'étage suivant, et les portes s'ouvrirent.

« Tu ne m'as pas dit que tu étais auteure, dit-il.

« Ça m'est égal », répondis-je en martelant le bouton jusqu'à ce que l'ascenseur se referme.

Puis je reculai à nouveau avant de lui lancer un regard noir.

« Le fait est que cette soirée était illusoire. Pas réelle.

— De l'ordre du fantastique », dit-il en soutenant mon regard. « Tout comme les contes de fées », ajouta-t-il, avant de produire, à mon horreur, mon manuscrit de derrière son dos.

J'écarquillai les yeux alors qu'il faisait tourner rapidement les pages pour les laisser ouvertes quelque part en plein milieu.

S'il y avait une chose que je détestais, c'était le fait de voir les gens lire mon travail à haute voix. Enfin bon, à moins qu'il s'agît d'en faire l'éloge, ce qui n'allait pas être le cas de M. Négatif ici.

Je levai les mains.

« S'il te plaît, épargne-moi...

— Il faut que je te donne des exemples pour que tu puisses comprendre. »

Ding !

« Je comprends très bien », dis-je en regrettant d'avoir appuyé sur tous ces boutons.

Mais qu'est-ce qui m'avait prise ?

« Ici, par exemple », dit-il en ayant l'air horriblement excité. « Tes héros et héroïne sont dans un ascenseur dans le métro quelque part dans New York, quand l'ascenseur s'arrête soudainement et qu'ils réalisent qu'ils y sont coincés ensemble, rien que tous les deux. »

Je haussai les épaules.

« Et alors ? Ça arrive. »

Il leva un sourcil.

« Quand ? Quand est-ce que ça arrive dans la vraie vie ? »

Comme par hasard, l'ascenseur eut des secousses, puis s'arrêta net.

Un sursaut électrique me frappa à la poitrine. Oh, non.

« Est-ce que j'ai évoqué le fait que je suis claustrophobe ? »

Il me regarda d'un air accusateur.

« Tu as fait ça exprès.

— Quoi ? Avec le pouvoir de mon esprit ?

— Tu as dû appuyer sur le bouton d'arrêt d'urgence. »

Je plaçai mes mains sur ses bras et le poussai sur le côté.

« Eh bien, vu que les boutons sont tous derrière toi et que je n'avais aucun moyen de les atteindre, je dirais que, soit c'est toi qui as appuyé sur ce bouton, soit cet ascenseur vient de donner raison à mon livre. »

Le regard incrédule sur son visage me dit tout ce que je devais savoir. J'éclatai alors de rire, sans tout à fait savoir s'il fallait que je jubile, ou que je rentre en mode panique claustrophobe.

CHAPITRE CINQ

« Ne t'en fais pas, l'ascenseur redémarrera dans une minute. »

Brooks plaça ses mains sur ses hanches, tout en agrippant mon manuscrit, et commença à faire les cent pas (autant qu'il pouvait le faire dans une minuscule cabine en métal).

« Il n'en fait qu'à sa tête parfois », ajouta-t-il.

— Il doit sûrement être de ta famille alors », laissai-je échapper avec un gros soupir, en soufflant sur des mèches de cheveux blonds qui s'étaient échappés de mon chignon.

Il me lança un regard interrogateur.

« Pourquoi es-tu en colère contre moi pour t'avoir donné honnêtement mon avis ?

— Ce n'est pas le cas », répondis-je en mentant.

Je détestais le fait que les parois de l'ascenseur étaient couvertes de miroirs. Quel que soit l'endroit où je me tenais, je ne pouvais pas échapper à mon reflet. Et voir que j'étais stressée, avec un visage rouge et en sueur ne me remplissait pas de joie. Si je voulais que Brooks pense qu'il n'avait aucun effet sur moi, mon apparence n'allait pas m'aider à le communiquer.

Brooks finit par s'affaisser contre la paroi et glissa par terre jusqu'à être en position assise. Il étira une jambe devant lui et garda l'autre pliée vers sa poitrine, son avant-bras droit posé sur le genou plié.

« Tu avais l'habitude de t'asseoir comme ça quand on se rejoignait sous l'arbre... » dis-je avant de me taire, alors que mes paroles me ramenaient vers un passé que je voulais oublier.

Il sourit.

« Tu te souviens de notre arbre. »

Je hochai la tête en le fixant du regard.

« Tu lisais pendant des heures à cet endroit, pendant que j'écrivais des histoires et rêvassais de devenir auteure un jour. »

Son email de rejet me vint à l'esprit, ce qui me valut d'arrêter de repenser au bon vieux temps. Aussi, les murs étaient-ils en train de se refermer sur nous ? Tout à coup, on aurait dit l'ascenseur du parc Disneyland à la Maison hantée, et je m'attendis à ce que la voix maléfique commence à rire.

Moi, claustrophobe ? Oh oui, carrément.

Brooks leva le bras et saisit ma main en tirant dessus.

« Écoute, on risque d'être ici pendant un temps, alors tu ferais mieux de te mettre à l'aise.

— Je suppose que tu as raison. »

Je m'assis à côté de lui et m'adossai contre la paroi.

Son regard croisa le mien.

« À propos du livre... »

Je fronçai les sourcils.

« Maintenant, tu ne peux pas nier que c'était fidèle à la réalité.

— Allez, Michelle », dit-il en me lançant un regard en coin. « Le style était bon, mais l'aspect romantique était irréaliste. »

Je levai un sourcil.

« Ah vraiment ? Parce que les ascenseurs ne tombent pas en panne, c'est ça ? Pourtant, nous voilà ici. Quelles sont les probabilités ? »

Il secoua la tête.

« C'est une coïncidence, rien de plus. »

Je croisai mes bras.

« Les coïncidences n'existent pas. »

Il se tourna pour me regarder avec un air malicieux sur le visage.

« D'accord, examinons ta théorie pendant une minute. Si ton livre est si réaliste, alors cela ferait de moi le héros, pas vrai ? »

Je pouffai.

« L'antagoniste, plutôt.

— Et cela ferait de toi l'héroïne, non ? »

Je hochai la tête.

« Je pourrais accepter ce rôle.

— Alors, selon le livre, juste à ce moment-là... » Il feuilleta le manuscrit pour arriver au bon chapitre. « Je serais en train de regarder droit dans les yeux. »

J'eus les yeux exorbités.

« Je t'en prie, ne fais pas ça. Tu vas me faire peur.

— Et en te regardant dans les yeux, je... » Son doigt parcourut les lignes de la page jusqu'à la fin de la phrase. « Je te dirais que j'arrive à entendre ton cœur battre. »

Mes joues s'empourprèrent.

« Je sais ce que ça dit.

— Mais tu prétends que cela pourrait vraiment se produire dans la vraie vie », dit-il en remontant ses lunettes du doigt. « L'ascenseur s'est arrêté de manière inattendue. Je te le concède. Maintenant c'est à mon tour de dire... que mon cœur ne bat que pour toi. »

Mon ventre se noua.

« Et alors ?

— Je démontre mon point de vue », dit-il en pliant le manuscrit qu'il tapota dans sa paume. « Est-ce que cette réplique te plairait ?

— Pas si c'est toi qui la dis », répondis-je en m'efforçant de calmer les papillons dans le ventre.

Mon regard se baissa sur ses lèvres, ce qui me fit penser à notre baiser d'hier soir.

« Mais si quelqu'un d'héroïque me disait ces mots-là, alors oui. Je trouverais ça incroyablement romantique.

— Vraiment ? Hmm. »

Il me lança un regard incrédule, puis rouvrit le manuscrit.

« D'accord, alors… si je disais : *je peux faire battre ton cœur encore plus vite si tu m'en donnes l'opportunité* ? »

Mon cœur accéléra un peu plus vite, mais seulement parce qu'il avait une voix apaisante. Pas parce que j'avais envie qu'il me dise ces mots pour de vrai. Je me mordis la lèvre inférieure, en me rappelant tout à coup qu'il aimait me voir faire ça.

Comme par hasard, il baissa ses yeux vers ma bouche.

« Et puis, je me rapprocherais très lentement et tes yeux descendraient sur mes lèvres…

— Attends », protestai-je en levant ma main.

Ses paroles semblaient hypnotiques, et on aurait dit qu'il me plongeait dans une sorte de transe avec sa voix délicate et ses mots séducteurs.

« Et puis… Je ferais… ça. »

Sa bouche s'approcha de la mienne.

Mes yeux se fermèrent rapidement pendant un instant, avant que je ne les ouvre à nouveau et pousse un doigt sur sa poitrine.

« Hé ! »

Il cligna des yeux derrière des paupières tombantes.

« Quoi ? Je me suis trompé ?

— Oui. Si c'était mon histoire, je serais coincée dans cet ascenseur avec mon héros, qui n'est pas toi, de toute évidence. »

Je me dépêchai de me remettre debout, juste pour m'écarter de lui avant qu'il ne me tente à nouveau.

« Tu ne crois pas que je pourrais être le héros d'un roman ? » Il sourit en se levant. « Tu semblais penser le contraire hier soir quand tu m'as embrassé.

— Eh bien, c'était parce que je croyais que tu étais quelqu'un d'autre ! »

Le coin de sa bouche se souleva.

« Ah, mais peut-être que ton cœur le savait, même si ta tête l'ignorait.

— Ou, peut-être que j'ai trop bu de champagne.

— Si je me rappelle bien, tu as bu à peine un verre.

— Je bois rarement », dis-je en mentant, et en appréciant l'air agacé qui apparut sur son visage.

Il posa sa main sur mon épaule.

« Michelle, je suis vraiment désolé de t'avoir blessée il y a toutes ces années. J'ai fait ce que je pensais juste à l'époque et... il y a eu de nombreuses fois où je me suis passé un bon savon à propos de mes choix. »

Touchée par ses excuses, mon cœur se réchauffa.

« C'était il y a longtemps.

— Peut-être qu'on peut rattraper le temps perdu ? suggéra-t-il.

— Ce n'est pas comme si on avait autre chose à faire », dis-je avec un petit sourire.

Les années s'envolèrent au fur et à mesure que les minutes s'écoulaient, pendant que Brooks me racontait toutes les choses qu'il avait faites depuis le lycée. Je le fis rire en partageant les récits de mes divers petits boulots, notamment un passage dans l'enseignement de l'écriture créative dans un cours pour adultes où les étudiants refusaient de me prendre au sérieux.

C'était comme si les années ne s'étaient jamais écoulées sans que nous nous soyons séparés. Je me retrouvai ainsi à penser que peut-être, après presque dix ans, il était temps d'oublier et de pardonner — bien qu'avec la façon dont Brooks n'arrêtait pas de me regarder, j'avais bien du mal à réfléchir correctement.

« Je suis désolé que tes étudiants t'aient donné du fil à retordre à l'école pour adultes, Michelle, mais tu dois admettre que ces taches de rousseur te donnent un air jeune. Et si tu choisis de faire ces changements pour rendre ton roman publiable, alors je suis sûr qu'on te prendra un peu plus au sérieux à l'école. »

Et sur ce, le sort fut rompu.

Juste au moment où j'ouvris la bouche pour lui dire ce qu'il pouvait faire avec ses changements, l'ascenseur se ranima et, en l'espace de quelques secondes, les portes s'ouvrirent sur le rez-de-chaussée. Ainsi, je sortis sans jeter un regard à Brooks, en lui adressant un au revoir décontracté par-dessus mon épaule, avant de me diriger vers le trottoir animé du centre-ville, et loin de Brooks et de ses lèvres à croquer.

« Michelle, où vas-tu ? » appela Brooks une minute après l'avoir laissé.

Je me retournai et le vis qui se frayait un chemin parmi les piétons sur le trottoir en se dépêchant pour me rattraper. Mais qu'est-ce que...

« Michelle, tu veux bien m'écouter pendant une minute ? »

Il se précipita vers moi jusqu'à se retrouver à mes côtés, l'air un peu agité.

« Qu'est-ce qu'il faut que j'entende de plus, Brooks ? On vient de passer une heure ensemble, coincés dans un ascenseur. Je crois qu'on s'est dit tout ce qu'on avait à dire.

— Les choses se passaient bien. Pourquoi es-tu si contrariée maintenant ? » demanda-t-il en fronçant les sourcils. « Je ne comprends pas. J'ai dit que je te ferais signer un contrat si...

— Oui, tu l'as fait. » Je m'arrêtai net et me retournai pour le regarder. « Si j'écrivais un livre décent. Eh bien, quel compliment. »

Il poussa un soupir.

« Je n'ai pas dit le mot *décent*. Ton livre est déjà décent. Il est génial, d'ailleurs. »

Je commençai à me diriger vers mon stand de café préféré.

« Mais ?

— Mais comme je l'ai dit, il n'est simplement pas réaliste », dit-il en s'activant pour me rattraper. « Si tu pouvais juste… aaaahhh ! »

Je m'exclamai en voyant Brooks trébucher en arrière sur le trottoir. Ses jambes semblaient s'être emmêlées dans une laisse brillante qui était attachée à un chien familier portant un minuscule T-shirt étincelant.

« Bon garçon, Atticus ! »

Je me penchai pour caresser le pelage bouclé du chien et levai la tête en faisant un sourire à Courtney Carmichael, barista extraordinaire et propriétaire du chien. Je regardai d'un air amusé Brooks qui tentait de se démêler de la laisse. Je m'adressai ensuite au chien en fronçant les sourcils.

« Est-ce que ce méchant vieil homme t'a fait sursauter ?

— Méchant vieil homme ? » Courtney posa son regard vers Brooks, puis se retourna vers moi, avec une expression étonnée. « Il apporte habituellement des friandises pour Atticus… Ai-je raté quelque chose, Brooks ?

— Michelle et moi étions coincés dans l'ascenseur pendant une heure ensemble », dit-il avec une voix impassible, comme si cela expliquait tout.

« Ah », répondit Courtney d'un ton compréhensif qui me fit demander ce qu'elle avait compris exactement.

« C'est un joli T-shirt que porte Atticus », fis-je remarquer en notant que le caniche mixte arborait un haut à l'image de celui de Courtney. Celui-ci indiquait : *Soyez la personne que votre chien pense que vous êtes*, en perles bleu et argent. « Je vois qu'Atticus a le même sens de la mode que toi, Courtney. »

Elle donna un biscuit pour chien à Atticus sous le stand.

« Bien sûr, il n'y a que le meilleur pour mon garçon. »

Brooks se libéra enfin de la laisse, puis s'accroupit devant Atticus en le grattant derrière les oreilles. Atticus ferma à moitié ses yeux de bonheur, et quand Brooks s'arrêta, le chien le poussa du museau pour qu'il continue.

Je ne pus m'empêcher de fondre légèrement quand Brooks prit le chien dans ses bras et lui donna un câlin, en s'excusant d'une voix douce et apaisante d'avoir trébuché sur lui il y a un instant. Je devais me rappeler que ce n'était pas le Prince Charmant, mais le Prince Rejet.

Courtney me lança un regard étrange, puis me remit ma boisson habituelle.

« Tu en as besoin d'un autre ? Je suis sûre que tu stresses encore à propos de Phillip. »

J'acceptai volontiers le café.

« Comme d'habitude, hein ? »

Elle éclata de rire.

« Chérie, chaque jour qui contient la syllabe *-di-* verra ce garçon faire quelque chose qui te rendra marteau, mais cette fois, tu sembles plus soucieuse que d'habitude. »

Je hochai la tête.

« Oui. J'ai atteint ma limite avec mon demi-frère. Je ne peux pas continuer à le tirer d'affaires.

— Tu as pu retrouver ton ordinateur portable ? » demanda Courtney en regardant Brooks de haut en bas, bien que discrètement.

Pour être juste, Brooks était si épris d'Atticus qu'il ne l'aurait pas remarqué de toute façon — un trait que je trouvais très séduisant, à mon grand désarroi.

« Je te raconterai plus tard », articulai-je silencieusement, et elle hocha la tête.

« Ton chien est génial, Courtney », dit Brooks en reposant Atticus par terre.

« Merci, je suis d'accord », répondit-elle en rayonnant, toujours fière quand quelqu'un faisait l'éloge de son chien. « Je l'ai adopté il y a quelques temps du refuge canin de Reagan. Ce petit mec avait besoin d'un foyer permanent, et moi d'un homme en qui je pouvais avoir confiance. »

Elle se mit à rire pour montrer qu'elle plaisantait à propos de cette dernière partie.

« Un jour, quand je serai plus posé, je me rendrai au refuge pour me trouver un chien », dit Brooks en se penchant pour tapoter à nouveau la tête d'Atticus.

Courtney finit de préparer le café d'un homme en costume. Elle lui remit le gobelet, sourit et se tourna vers moi.

« Alors, Phillip ? »

Je secouai la tête.

« Oui, il a *oublié* de payer son loyer ces derniers mois, et j'ai besoin de trouver neuf-mille dollars pour le payer à sa place. »

Brooks fronça les sourcils.

« Pourquoi dois-tu payer le loyer de quelqu'un d'autre ? »

Je pris une gorgée de mon café.

« Parce que c'est mon demi-frère et que j'ai cosigné le bail. »

Brooks marqua une petite pause.

« Eh bien, je pourrais te donner une avance de dix-mille dollars sur un contrat d'auteur, si tu peux faire les changements que j'ai demandés. Marché conclu ? »

Le visage de Courtney s'illumina alors qu'elle regardait tour à tour Brooks et moi.

« Un contrat d'auteur ? Qu'est-ce que j'ai raté ? »

Je réalisai que je n'avais pas expliqué cette situation pénible.

« Je suis désolée, Courtney. Tu sembles connaître Brooks Keller. Eh bien, il s'avère qu'il est également un... euh, vieil ami du lycée.

— Je vois », dit-elle en plissant les yeux vers moi comme pour tenter d'en déchiffrer davantage.

Je gardai une expression impassible.

« J'ai soumis mon manuscrit bien-aimé à *Prince & Company*, et en tant qu'éditeur, il l'a rejeté en le qualifiant d'irréaliste, d'inimaginable et d'impubliable.

— Aïe, dit-elle en se tournant vers Brooks.

— Il était bien écrit, avec des nouvelles idées et un excellent travail d'évolution des personnages, dit Brooks.

— Rien de tout ça n'a été évoqué dans l'email de rejet qu'il a envoyé, ce qui est donc une info toute fraîche pour moi », rétorquai-je, l'estomac noué.

Courtney se tourna à nouveau vers moi.

« Hmm...

— Mais l'aspect romantique était... je le crains... irréaliste », dit Brooks.

Je pointai un doigt vers lui.

« Tu sais, peut-être que si tu prenais le temps d'écrire tous ces commentaires positifs à un auteur au lieu de ta lettre de rejet grossière, alors je n'aurais pas eu l'impression de devoir jeter mon ordinateur portable dans les toilettes. »

Courtney fit une grimace en remettant un café à Brooks.

« Merci », dit-il en acceptant le gobelet de Courtney. « J'essaie de donner des critiques constructives pour que l'auteur puisse améliorer son roman. Je n'essayais pas de décourager qui que ce soit, mais la vérité est ce qu'elle est. Et je n'ai pas dit que tu devais réécrire tout le roman, juste rendre l'histoire d'amour plus... réaliste. Moins du genre « ils vécurent heureux et eurent beaucoup d'enfants », et une fin du type « ils sont heureux dans l'instant » plus réaliste. »

Courtney leva sa tasse de café.

« Je suis d'accord. »

Je lui lançai un faux regard noir.

« Pas moi. L'amour peut ressembler à ce que tu décris, mais pour d'autres, il peut aussi être rempli de connexion instantanée, de moments romantiques sincères, qui se terminent par un amour permanent. »

Courtney pouffa.

Brooks gloussa en se tournant vers elle.

« N'est-ce pas ?

— Tous les deux, vous êtes blasés. » Je croisai les bras, ce qui n'était pas vraiment confortable, vu que je tenais mon gobelet. « Je ne compte pas changer une histoire d'amour parfaite pour convenir à tes directives cyniques, Brooks Keller. »

Courtney tapota son doigt sur sa tempe, pendant que Brooks et moi dégustions nos cafés en se lançant des regards noirs en silence.

Elle finit par claquer des doigts.

« D'accord, eh bien, il y a une façon de résoudre ce problème une bonne fois pour toutes. Vous voulez l'entendre ? »

On s'arrêta tous les deux de boire pour la regarder avec des yeux remplis d'espoir.

« C'est simple. Mettez le livre à l'épreuve. »

J'observai Brooks, puis me tournai vers Courtney, sans comprendre ce qu'elle voulait dire.

« Hein ?

— Je ferai n'importe quoi pour lui prouver que j'ai raison, dit-il.

— Tu ne peux pas prouver quelque chose qui n'est pas vrai », fis-je remarquer.

— Voilà ce que vous faites », dit Courtney en levant ses deux poings, comme si elle essayait de contenir son enthousiasme. « Suivez le livre de Michelle à la lettre. Si l'histoire d'amour fonctionne comme tu le dis, Michelle, alors tu obtiens le contrat, sans changer le livre. » Elle souleva Atticus dans ses bras et lui fit un câlin. « Et si l'histoire d'amour ne fonctionne pas dans la vraie vie après avoir suivi le livre, comme le prétend Brooks, alors, Michelle, tu réécris les scènes avec les détails plus cyniques de Brooks. »

Je plissai les yeux, ne comprenant toujours pas où elle voulait en venir.

« Euh, quoi ?

— Sérieusement ? Il faut que j'explique tout en détail ? » demanda-t-elle.

Je hochai la tête.

« Je crois que oui. »

Courtney soupira de manière dramatique.

« Écoute. Toi et Brooks suivez les chapitres du livre, à la lettre, et si Brooks tombe amoureux de toi, alors tu obtiens le contrat sans changer le livre. Cependant... » Elle leva ses mains quand Brooks et moi essayèrent de l'interrompre en même temps. « ... si Brooks ne tombe pas amoureux de toi, alors tu devras faire les changements qu'il veut. Quoi qu'il en soit, tu obtiens ton contrat et reçois l'argent dont tu as besoin pour aider Phillip. Encore une fois. »

J'étais horrifiée de voir à quel point cela semblait logique.

« Mais, je n'ai pas envie que Brooks tombe amoureux de moi, ce qu'il fera évidemment, puisque l'intrigue est sans faille. »

Courtney haussa les épaules.

« Mais si c'est vrai, alors tu obtiens le contrat dont tu as toujours rêvé.

— Une minute », dit Brooks en réajustant ses lunettes et en passant une main dans ses cheveux. « Une telle reconstitution n'a aucune chance de marcher, parce que... et je suis désolé de continuer à le faire remarquer, Michelle... mais l'histoire d'amour de ton livre est totalement irréaliste. »

Courtney haussa à nouveau les épaules.

« Alors, tu n'as rien à perdre non plus, Brooks. Parce que, si tu as raison, alors tu obtiens ce que tu veux en acquérant le livre comme tu le souhaites.

— Intéressant », dit-il en prenant une autre gorgée de café.

« Je gagnerais évidemment ce pari, parce que j'ai une confiance absolue en mon livre, et il est vrai que cette avance résoudrait le problème de la dette de Phillip. »

Je regardai Brooks, avec un sourire satisfait sur le visage. Enfin bon, si Brooks tombait amoureux de moi, et alors ? Peut-être que c'était à son tour d'avoir le cœur brisé. Non pas que je cherchais à le blesser, mais ça serait tellement approprié, dans le genre retour de bâton. Je tendis ma main droite.

« Je suis prête à relever le défi, si tu l'es aussi.

— Pari tenu, Michelle », dit Brooks en me serrant la main. « Mais fais-moi plaisir et ne sois pas mauvaise perdante, d'accord ? »

J'éclatai de rire.

« Oh, c'est toi qui l'auras mauvaise, mon ami. Je te le garantis. »

CHAPITRE SIX

Au moment de franchir les portes doubles dorées de l'hôtel Geoffries en direction du salon afin de rejoindre mes amies pour un verre, les souvenirs du Bal masqué m'envahirent l'esprit et me firent sourire. Je passai à côté du bureau du concierge et traversai le hall, en repérant les portes doubles de la salle de bal sur le chemin. Un sentiment de déjà-vu déferla alors en moi comme un tsunami.

En touchant mes lèvres avec mes doigts, mon sourire s'affaissa alors que je me rappelais la façon dont Brooks était passé de héros à zéro littéralement du jour au lendemain. Malgré tout, ce baiser s'attardait toujours dans mon esprit.

« La Terre à Michelle, à toi Michelle. Tu me reçois ? » demanda Krista en agitant ses mains devant mon visage, ce qui me fit éclater de rire.

« Je te reçois cinq sur cinq. Est-ce que Missy est déjà ici ? »

Je jetai un coup d'œil par-dessus l'épaule de Krista pour voir si ma colocataire était déjà arrivée, mais je n'arrivais pas à la voir. Je connaissais Missy depuis mon enfance à Blue Moon Bay sur la côte. Après notre déménagement à Sacramento l'an dernier, elle et Krista s'étaient immédiatement bien entendues au moment de leur rencontre, ce qui voulait dire qu'on passait beaucoup de temps ensemble.

« Missy a envoyé un SMS disant qu'elle était déjà au salon, dit Krista. Avec un peu de chance, avec trois cocktails frais qui sont en train de laisser des anneaux sur les sous-verres au moment où on parle. »

Je ris à nouveau. Peu importe à quel point j'étais stressée, le fait de passer du temps avec les filles me remontait toujours le moral. L'amitié était essentielle dans la vie. En laissant la salle de bal derrière moi, je suivis Krista vers le salon, et sans surprise, Missy était là, à la meilleure table de l'endroit.

« Mouah, mouah ! » fit Missy en me faisant la bise avec des sons exagérés.

Elle en fit de même avec Krista avant de se rasseoir. Missy pouvait parfois en faire un peu trop, mais en tant qu'ex-mannequin, cela convenait à sa personnalité pétillante.

Le salon de l'hôtel Geoffries n'était pas aussi opulent que la salle de bal, mais c'était un lieu magnifique et l'un de nos endroits préférés pour sortir en soirée, parce qu'il n'était pas aussi bruyant que les bars et clubs habituels de la ville. C'était un endroit génial pour rattraper le temps perdu et parler entre filles.

Je m'enfonçai dans un fauteuil à motifs bleu marine et or, dont les bras acajou polis étaient du même luxe que les portes ou les parois en bois. Je souris en levant une main vers le barman familier, qui nous saluait de la main.

« C'est un moyen infaillible de savoir qu'on vient ici trop souvent », dit Missy en me tendant mon cocktail — une concoction crémeuse de je-ne-sais-quoi, mais au goût exquis.

Je passai ma langue pour essuyer une goutte sucrée de ma lèvre inférieure, et des images du bal masqué, ou plus précisément du baiser avec le Prince Charmant, m'envahirent immédiatement l'esprit.

« Tu rougis, Michelle. Tu trouves le barman sexy ou quoi ? »

demanda Krista en faisant un clin d'œil à Missy, et elles me regardèrent toutes les deux.

« Quoi ? Oh, s'il vous plaît. Il a la moitié de mon âge.

— Cougar, déclara Krista.

— Peut-on être cougar à vingt-sept ans ? demandai-je.

— Peut-il vraiment avoir la moitié de vingt-sept ans s'il est barman ? rétorqua Missy.

— Eh bien, il a l'air d'avoir vingt-et-un ans. Trop jeune à mon goût. »

Krista haussa les épaules.

« Si quelqu'un peut réussir à devenir cougar à vingt-sept ans, c'est bien toi. Ou *toi*, Missy.

— Il se trouve que Nick a deux ans de plus que moi, et je suis plus qu'heureuse avec mon fiancé, merci beaucoup », dit Missy en jetant un œil à l'énorme pierre précieuse sur son annulaire.

« Tous les deux, vous êtes *parfaitement* adorables », dit Krista en souriant à Missy avant de se retourner vers moi. « Mais revenons à la raison pour laquelle Michelle rougit.

— Je ne rougis pas, c'est le reflet de la lumière » affirmai-je en désignant le plafond doré orné, où pendaient des lustres extravagants dont les larmes en cristal pourpre projetaient une teinte magique sur tout le salon.

« Très bien, ne nous dis rien. On finira par découvrir ton secret, comme toujours, et tu le sais. » Missy fit une moue suffisante, puis se tourna vers Krista. « Alors, comment va la vie à l'agence de voyages ? »

Elle leva les yeux au ciel.

« Eh bien, disons qu'on ne s'ennuie jamais. On a reçu cette femme qui voulait réserver des vacances en Floride à Noël. Elle m'a posé des questions sur les éléments essentiels à emporter et j'ai suggéré de la crème solaire. Elle s'est énervée contre moi en me demandant si je croyais qu'elle était stupide.

— Elle n'a pas fait ça, dis-je.

Krista hocha la tête.

« Oh que si. Elle a appelé ma patronne pour se plaindre en disant que je pensais que j'étais mieux qu'elle parce que je pouvais voyager dans le monde entier. Je ne lui ai pas dit que je n'ai jamais voyagé plus loin que Disneyland, à sept heures de route d'ici. Mais peu importe.

— Ta patronne était-elle fâchée ? » demanda Missy.

Krista secoua la tête.

« Non, mais je crois que c'est parce qu'elle traverse un genre de crise. Crise de la cinquantaine, peut-être ? Je ne sais pas. Elle agit bizarrement en tout cas.

— Comment ça ? » demanda Missy.

Mon regard erra par-dessus l'épaule de Missy où j'aperçus la porte de la salle de bal en face, ce qui me fit repenser au bal masqué. Comment avais-je pu passer à côté du fait que ces yeux bleus sublimes derrière ce masque appartenaient à Brooks Keller ? Peut-être parce qu'il portait des lunettes ? Mais cela ne pouvait pas être ça, parce que j'avais toujours été captivée par ses yeux. Peut-être parce que je n'avais jamais pensé le revoir un jour ?

« Qu'est-ce que tu en penses, Michelle ? Tu es partante ? »

Je sursautai à la voix de Missy qui interrompit mes pensées.

« Partante pour quoi ? La Floride ? »

Krista resta bouche bée.

« Tu plaisantes ? On a arrêté de parler de la Floride il y a deux conversations. Missy vient de nous raconter en détail sa fête haute couture où on sera tous sur notre trente-et-un.

— Oh... »

Je me mordis la lèvre inférieure. Oups. Missy était la propriétaire de *Retard à la Mode*, une boutique de vêtements haut de gamme qui vendait les plus belles tenues. Mon esprit pensa immédiatement au fait que *Retard à la Mode* était l'endroit où j'avais choisi ma robe pour le bal masqué. Mes pensées commencèrent à dériver à nouveau vers cette nuit-là...

Missy claqua ses doigts devant mes yeux.

« Alors ? Je t'ai demandé si tu voulais venir à ma fête. Ce serait très haut de gamme. Tu peux choisir ta robe dans ma boutique, ou comme tu veux. Krista va venir. Je vais aussi enrôler Courtney, si je peux la convaincre de laisser ses T-shirts criards. »

J'ouvris la bouche pour protester, mais Krista intervint.

« S'il te plaît, dis oui, Michelle. On va s'éclater, et tu étais absolument sublime dans ta robe du bal masqué. »

Cette fois, l'allusion au bal amena mon esprit à repenser à Brooks qui me conduisait vers la piste de danse en me tenant par la taille, alors que la chanson de *La Belle et la Bête* commençait à jouer. J'arrivais presque à sentir son eau de Cologne, et son souffle chaud sur ma joue.

« D'accord, Michelle. Parle-nous. Qu'est-ce qui se passe avec toi ce soir ? Tu n'arrêtes pas de disparaître », dit Krista.

Je fronçai les sourcils.

« Quoi ? Mais je n'ai pas quitté le salon de toute la soirée.

— Toi non, mais ton esprit oui, et on pourrait dire qu'il est trop éparpillé pour qu'on puisse le laisser s'aventurer seul. Alors comment ça se fait ? »

Je me mis à rire, mais je me pris ensuite la tête entre les mains avant de pousser un râle.

« D'accord, il y a ce mec...

— Je le savais ! » Krista frappa rapidement dans ses mains. « Le Prince Charmant du bal, c'est ça ? J'ai tout raconté à Missy tout à l'heure. »

Je fronçai les sourcils.

« Comment le sais-tu ?

— En plus du fait que j'ai interrompu votre baiser au bord de la piste de danse ? »

Je rougis.

« Ah, c'est vrai...

— Tous les deux, vous étiez le sujet de conversation de la

soirée, de toute façon », dit Krista comme si c'était de l'histoire ancienne. « Personne n'aurait été surpris de te voir partir dans un carrosse en forme de citrouille.

— Les gens parlaient sérieusement de moi ? demandai-je avec une grimace. Eh bien, voilà que c'est embarrassant.

— On en a assez d'attendre, Michelle », dit Missy en levant un doigt pour faire signe au barman d'apporter la tournée suivante. « Dis-nous tout. »

Il était temps. Je racontai alors aux filles toute l'histoire, en commençant par le fait que Brooks et moi étions sortis ensemble au lycée jusqu'à notre rupture, en passant par la rencontre avec le Prince Charmant au bal, et en finissant par le moment où j'avais découvert qu'il était l'éditeur de ma maison d'édition préférée qui avait rejeté mon livre.

« Et maintenant, j'ai été enrôlée dans ce défi de roman d'amour que Courtney a suggéré. On suit le roman à la lettre, et si Brooks tombe amoureux de moi, il publiera mon livre tel quel sans que je ne sois obligée de le changer. Et s'il ne tombe pas amoureux de moi, alors j'accepte de faire les changements, et il le publiera. »

Krista frappa à nouveau dans ses mains.

« C'est tellement excitant ! Quoi qu'il arrive, tu obtiens un contrat.

— C'est ce que Courtney a dit, mais ce n'est pas aussi simple. Le truc, c'est que je crois en mon livre, et je ne veux faire aucun changement. Si ce pari ne se déroule pas comme prévu, je vais devoir supprimer toutes les meilleures parties de mon roman.

— Quel dilemme », dit Missy, alors que le barman posait notre seconde tournée.

« En parlant de plans... » Je levai mon autre boisson crémeuse et me tournai vers Krista. « J'ai besoin d'un service. Est-ce que je peux emprunter ton appartement pour une soirée ? »

Elle fronça les sourcils.

« Bien sûr, mais pourquoi ? »

Je regardai tour à tour Missy et Krista, avant de sourire.

« Parce que ton appartement comporte un escalier de secours, et il m'en faut un. »

Krista s'empara de son propre verre.

« Mais encore, pourquoi ? »

Je pris une gorgée de mon cocktail et en savourai le goût avant de répondre.

« Eh bien, mesdames, à cause du chapitre deux, voilà pourquoi. Oh, oui... » Je me frottai les mains en feignant un air diabolique. « Après que Brooks et moi jouerons le chapitre deux, ce contrat sera à moi. Mouhahaha ! »

CHAPITRE SEPT

Même si j'avais moi-même écrit mon conte de fées des temps modernes, *Il était une rencontre*, et l'avais quasiment appris par cœur, je lus et relus tout de même le chapitre pour veiller à ce que chaque détail soit correct. Il était hors de question que je laisse Brooks gagner sur un détail technique.

Il semblait maintenir que l'histoire d'amour de mon livre ne pouvait pas arriver dans la vraie vie. Alors, s'il tombe amoureux de moi (ou quand), il était hors de question que je lui permette de se libérer de notre marché en affirmant que je n'avais pas suivi le script.

D'un autre côté, essaierait-il de s'en sortir sur un détail technique ? Le Brooks que je connaissais avait de l'intégrité, et j'aimerais croire qu'il n'avait pas changé. Enfin bon, il avait certainement démontré des tendances galantes au bal. Mais aurait-il pu faire semblant ? Je ne le pensais pas, mais là encore, qui sait ? Ce n'était pas comme si je m'étais attendue à ce qu'il me largue de nulle part avant le jour de la remise des diplômes.

Krista avait accepté de me laisser son appartement pour la soirée et, avec quelques ajustements, le décor était planté. Ce qui n'était pas totalement surprenant, vu que j'avais écrit la scène fictive avec l'appartement de Krista en tête pour le chapitre deux.

Je consultai mon téléphone pour la énième fois, en espérant presque que Brooks avait laissé un message pour dire qu'il ne pourrait pas venir. J'étais excitée et nerveuse à la fois. Après tout, il s'agissait bien plus qu'un faux rencard. Ma future carrière était en jeu. Mais l'écran de mon portable était vide, sans appels manqués, ni SMS. Le jeu était lancé.

Je pris une profonde inspiration. D'accord, cinq inspirations, et il était finalement temps de passer à l'action. Ne voulant pas mettre le feu à l'appartement de Krista, ni même qu'il sente la fumée, je sortis la boîte de bâtons d'encens de mon sac et plaçai ceux-ci sur le rebord de la fenêtre, avant d'allumer soigneusement chacun d'entre eux. Au moment où j'avais allumé le dixième bâton, le premier était à moitié consumé. Comme un gros nuage de fumée était en train de se former, j'entrouvris la fenêtre pour permettre à la fumée parfumée de s'échapper dans l'air du soir. Il était exactement sept heures, ce qui voulait dire que Brooks devrait passer tranquillement dans la rue à ce moment précis.

En me mordant la lèvre inférieure, je regardai par la fenêtre, mon ventre bouillonnant d'anticipation. Quand j'aperçus Brooks en-dessous, mon estomac se noua et je souris. Il était là, à lever la tête vers la fenêtre, une main au-dessus de ses yeux pour les protéger de la lumière des lampadaires.

« Hé ho ? » dit-il à haute voix. « Est-ce que ça va ? Madame, avez-vous besoin d'aide ? »

Le fait d'entendre cette voix prononcer les mots de mon roman me donna des frissons dans le dos. Je secouai la tête pour me vider l'esprit. Je devais m'en tenir au plan. Ainsi, je me penchai par la fenêtre et sentis l'encens me chatouiller la gorge.

« Oui, je vais bien. Merci de votre sollicitude. Ce n'est qu'un petit feu, il faut juste que... »

Je commençai à tousser en perdant le reste de mes mots, alors que je bafouillais et m'étouffais avec l'odeur épaisse des bâtons d'encens qui commençait d'ailleurs à me rendre malade.

Dans le livre, l'héroïne mettait le feu à une poêle sur la cuisinière, mais l'origine de la fumée n'avait pas d'importance dans l'interaction entre le héros et l'héroïne. De plus, je doute que Krista apprécierait si je mettais vraiment le feu à sa cuisine.

« Madame, voulez-vous que j'appelle les pompiers ? » demanda-t-il en s'en tenant parfaitement au script.

Je descendis un verre d'eau et passai à nouveau la tête par la fenêtre.

« Non, vraiment, ça a l'air pire que ça ne l'est vraiment. »

Le cœur battant, je fixai Brooks qui se tenait dans la rue. Peut-être que l'encens avait un effet hallucinogène parce qu'il avait l'air encore plus séduisant que je ne l'avais jamais vu, et tout comme j'avais décrit le héros dans le livre. Je portai soudainement ma main sur ma bouche, car je me rendis compte que j'avais inconsciemment basé mon héros sur Brooks, bien avant de le croiser à nouveau. Apparemment, il est vrai qu'on n'oubliait jamais son premier amour.

En éventant la fumée à l'aide d'un torchon, j'attendis la suite du chapitre, et à point nommé, la tête de Brooks apparut au-dessus du rebord de la fenêtre, fronçant le nez à l'odeur.

« Mais... que faites-vous ici ? » demandai-je en posant ma main sur mon cœur. « Vous n'étiez pas obligé de grimper l'escalier de secours pour venir me sauver. C'est dangereux. Vous auriez pu chuter. »

Il entra par la fenêtre et passa ses doigts dans ses cheveux.

« Je ne pouvais pas m'éloigner de cet incendie, pas quand vous êtes coincée ici. »

Je déglutis fortement, d'une part à cause de la nervosité et d'autre part, parce que je pouvais sentir une autre quinte de toux arriver. Dans mon livre, le héros se précipitait ensuite vers la cuisinière pour éteindre les flammes, avant d'ouvrir toutes les fenêtres et les portes. Au lieu de ça, Brooks retira tous les bâtons d'encens et les passa sous l'eau avant de les jeter à la poubelle, ce qui eut le même effet.

« Merci d'avoir éteint ce feu. Comment vous remercier ? Voulez-vous... eh bien, j'étais sur le point de préparer le dîner. Voulez-vous vous joindre à moi ? »

Brooks, toujours dans son personnage, sourit.

« Je me joindrai à vous à une seule condition.

— Laquelle ? »

Il jeta un coup d'œil au manuscrit qui était ouvert sur la table.

« Que vous vous détendiez. Vous avez passé une soirée difficile. Pourquoi n'allez-vous pas prendre une douche pour vous débarrasser de la fumée sur vos vêtements ? J'irai nous chercher des plats chinois.

— La cuisine chinoise est celle que je préfère. Comment le saviez-vous ? » demandai-je en souriant.

Je restai sous la douche beaucoup plus longtemps que nécessaire, parce que je savais à quel point le restaurant au bout de la rue était très fréquenté le vendredi soir. Je pris mon temps pour me préparer jusqu'à ce que j'entende Brooks rentrer dans l'appartement. Quand je me rendis à la cuisine, il n'y avait cependant aucun signe de lui. Je me dirigeai alors vers le salon et le trouvai dehors sur l'escalier de secours. La petite table de chevet de Krista avait été installée sur le petit balcon, et des bougies brûlaient dans des supports en verre. Deux couverts avaient été mis. Brooks ouvrit une bouteille de vin et était sur le point de remplir les verres quand il me vit me tenir là.

« Ce n'est pas comme ça que le livre...

— Je sais », dit-il en secouant la tête. « J'ai dévié un peu du script parce que, pour être honnête, on aurait dit que l'odeur de ce truc t'irritait la gorge. Je me suis dit qu'il n'y avait pas moyen que tu puisses manger à l'intérieur.

— Oh, c'est prévenant de ta part », dis-je avant de froncer les sourcils. « Cela ne veut pas dire que le marché sera annulé quand je gagnerai parce que tu as changé la scène, pas vrai ?

— Tu sais que je ne ferais pas une chose pareille », dit-il, ce qui me fit pousser un soupir de soulagement. « De plus, tu ne gagneras pas.

— On verra, Brooks.

— Oui, on verra », répondit-il en arborant un large sourire qui fit briller ses yeux bleus.

On revint sur le script et, même s'il s'agissait d'un faux rencard fictif, ce dîner était l'un des rencards les plus romantiques que j'ai jamais vécus. J'avais du mal à séparer le vrai du faux pendant que Brooks riait à mes histoires d'enfance tout en me regardant dans les yeux.

« Alors, parlez-moi de vous », dis-je parce que, dans le livre, l'héroïne demandait à son sauveur de lui raconter sa vie, et au fur et à mesure qu'il s'ouvrait à elle, elle se retrouvait à tomber amoureuse de lui.

« J'ai eu une enfance heureuse. Puis j'ai grandi, je suis allée à l'université et je suis tombé amoureux. »

Je réalisai que je retenais mon souffle pendant qu'il parlait. J'expirai alors doucement pour qu'il ne le remarque pas.

« Et... qu'est-ce qui lui est arrivé ? »

Il fixa l'une des bougies sur la table, l'air pensif, et j'observai les flames danser dans ses yeux. Il prit une gorgée de vin, puis reposa le verre, la mâchoire crispée.

« Je l'ai perdue. »

Même si cette réplique provenait du livre, son ton me faisait penser qu'il parlait de moi. Mes yeux devinrent tout à coup larmoyants. Il prit ma main, en frottant délicatement son pouce sur ma peau.

« J'étais un imbécile. Elle était tout pour moi. Je pensais faire ce qui était juste en la laissant partir, mais j'ai eu tort.

— Est-ce qu'elle vous aimait également ? »

Il hocha la tête.

« Beaucoup. »

Ma gorge se serra.

« Alors pourquoi ruiner ce que vous aviez ? »

À ce moment du livre, j'avais simplement écrit que le héros expliquait à l'héroïne les raisons de sa rupture avec la fille. Alors, j'attendis que Brooks passe au dialogue suivant.

Au lieu de ça, il dit :

« Elle voulait tant être avec moi qu'elle était prête à renoncer à sa bourse d'études pour me suivre. Je ne pouvais pas la laisser faire ça. Je ne pouvais pas la laisser sacrifier son avenir pour moi, alors j'ai rompu avec elle, dans son propre intérêt. »

Je déglutis fortement, en me demandant s'il parlait de nous — Brooks et Michelle — et non pas des personnages du livre.

« Lui avez-vous dit que c'était la raison ? » demandai-je, puisque Brooks ne m'avait jamais dit pourquoi il avait rompu aussi soudainement.

« Non, je ne pouvais pas lui dire, ou elle aurait pu essayer de m'en dissuader. À la place, je l'ai laissée partir. Je ne referai plus jamais cette erreur », dit-il, ses yeux bleus fixés sur les miens.

Alors que j'étais assise à le regarder sous le choc, Brooks se pencha au-dessus de la table et s'arrêta à quelques centimètres de ma bouche. Puis, il caressa ma joue et m'embrassa. Les yeux fermés, je m'appuyai contre lui — la sensation de ses lèvres sur les miennes était si familière, et pourtant si excitante. Puis il s'arrêta, exactement comme je l'avais écrit à la fin du chapitre deux, et il se rassit sur sa chaise.

Mon cœur battait la chamade. Pas comme si j'étais sûre d'avoir remporté le défi. Mais plutôt dû à la façon dont Brooks m'avait regardée, parlé et embrassée. Il était indéniable que l'alchimie et les sentiments entre nous étaient encore présents. À cet instant, j'étais toujours sûre que Brooks tomberait amoureux de moi, si cela ne s'était pas déjà produit. Et je savais ce que je ressentais encore pour lui, après toutes ces années.

Je souris, en imaginant la fête du lancement de mon bouquin, avec Brooks à mes côtés, pas seulement en tant que mon éditeur, mais aussi en tant que petit ami.

« Wow », dis-je.

L'émotion inonda son visage, son regard plongé dans le mien. Mais c'est alors qu'il prit une profonde inspiration, finit son vin et reposa le verre. Il se racla ensuite la gorge.

« Alors, dans quel genre de rencard nunuche et irréaliste vas-tu me traîner ensuite ? »

Je clignai des paupières.

« Euh, quoi ? »

Il me regarda droit dans les yeux.

« Peu importe ce que tu as en réserve, je suis partant pour. On n'est qu'à un pas de publier ton livre à *ma* façon, ce qui engendra plus de ventes. Tu verras. »

Mon cœur s'arrêta. Il avait seulement fait semblant après tout, même si j'avais été sûre d'avoir ressenti ses sentiments dans ce baiser. Peu importe. Moi aussi, je pouvais jouer à ce jeu-là. Je finis mon verre et lui sourit tendrement, encore plus déterminée que jamais à gagner.

CHAPITRE HUIT

Quelques jours plus tard, j'attendais que Brooks arrive pour notre rencard fictif suivant. C'était une magnifique journée, avec un ciel bleu interrompu uniquement par quelques nuages blancs cotonneux ici et là. Pour le remercier de m'avoir sauvée de « l'incendie » à l'appartement de Krista, j'avais préparé un pique-nique et nous allions profiter d'une virée sur un bateau pour deux (selon mon livre).

Je lissai ma robe et me frottai les bras. En suivant l'intrigue de mon roman, j'avais enfilé une tenue de type broderie anglaise, avec des manches courtes bouffantes, un décolleté en cœur et une jupe mousseuse qui tombait juste en-dessous de mes genoux. Assortie avec de simples ballerines bleues, cette tenue était idéale pour une journée ensoleillée sur la rivière. Une légère brise m'effleura, ce qui m'amena à me frotter à nouveau les bras, regrettant de ne pas avoir incité l'héroïne du livre à apporter une veste.

« Salut. » La voix de Brooks interrompit mes pensées, et j'eus désormais la chair de poule pour une tout autre raison.

« Hé », dis-je en me sentant tout à coup timide, ce qui ne me ressemblait pas, surtout avec un homme que j'avais connu quasiment toute ma vie.

« Prête pour notre faux rendez-vous numéro deux ? »

Ses paroles me blessèrent. Je savais qu'il avait raison à propos du faux rencard, mais quand même. L'entendre le dire semblait cruel. Je posai une main sur ma hanche.

« Écoute, si tu préfères être ailleurs... »

Il secoua la tête.

« Pas question, Michelle. Tu ne vas pas gagner ce défi par défaut. On s'en tient complètement au script. »

Je levai un sourcil.

« Tu es très enjoué aujourd'hui. »

Il saisit mon panier à pique-nique et le chargea dans la barque qui attendait sur l'eau, avant de me tendre sa main.

« Et pourquoi ne le serais-je pas ? Je suis en congé cet après-midi et en compagnie de la plus belle femme de Sacra... enfin, New York. »

Je souris malgré ma nervosité, mais mon sourire faiblit rapidement au moment où je montai dans la barque qui se mit à osciller, m'amenant à m'asseoir lourdement.

Mais une fois sur la rivière de Sacramento, je me détendis en appréciant regarder Brooks ramer, avec ses muscles puissants qui fléchissaient sous son T-shirt blanc.

Il fit un signe de tête en direction de l'horizon.

« Ça ressemble à Central Park dans ton livre, pas vrai ? »

Je me mis à rire.

« Eh bien, on pourra difficilement faire mieux, à moins que tu ne veuilles conduire cinq mille kilomètres pour aller à New York. »

Ici sur l'eau, le vent s'était légèrement levé, ce qui me fit frissonner. Brooks posa les rames dans le fond de la barque et se tourna vers son sac à dos. Il en sortit une couverture turquoise, qu'il me remit.

« Je pensais que tu pourrais avoir froid, alors j'ai amené ça », dit-il.

Mon estomac se noua. Pendant un instant, je me demandais

pourquoi cela ne pouvait pas être réel. Soupir. Mais j'essayai de cacher mes sentiments. Je souris en acceptant avec gratitude la légère couverture que je passai autour de mes épaules, en m'apercevant qu'elle était suffisamment grande pour deux personnes.

Brooks ramassa les avirons et se remit à ramer, en chantonnant doucement :

« *Et les mots crois-moi, pour ça y'en a pas, décide-toi, embrasse-la...* »

Les coins de ma bouche se soulevèrent.

« La Petite Sirène ? »

Il rit.

« Eh bien, ça ressemblait à un moment Disney.

— Ah, mais est-ce que c'est dans mon livre ? »

Il secoua la tête.

« Non, c'était juste une petite licence artistique. D'accord, on en revient au script. »

Je réfléchis pendant un instant.

« Eh bien, je crois que c'est à ce moment-là que notre héros se rend compte qu'il vient de rencontrer la fille de ses rêves. »

Brooks soutint mon regard plus longtemps que nécessaire, et sans détourner ses yeux, il dit :

« Je crois que tu as raison. Mais ne réalise-t-elle pas qu'il est aussi son... Comment tu l'appelles dans ton livre ? Son *parfait soupirant* ? »

Je rougis en entendant cette jolie expression démodée, que j'adorais. Quand j'avais écrit le livre, je n'avais pas réalisé que mon ex-petit ami et amour de ma vie jusqu'à ce jour le lirait.

« Dans le livre, oui, elle le réalise bel et bien. »

Un petit air de déception apparut sur son visage, ce qui me fit froncer les sourcils.

« Alors, qu'est-ce qu'il y a pour le déjeuner ? » dit-il en faisant un signe de tête pour montrer le panier de pique-nique.

J'avais dû faire toute la ville pour trouver ce panier-là afin de conserver les détails aussi proches que possible de l'histoire. Il s'agissait d'un panier traditionnel en osier. Le couvercle s'ouvrait pour révéler deux jolies assiettes en porcelaine bleu et blanc, avec deux ensembles de couverts, et notamment deux verres à vin.

« Pain, fromage, saucisson, olives et, euh... » Je passai mentalement en revue ma liste de courses de la veille. « Tomates séchées, houmous, fraises, oh, et une bouteille de vin. Et enfin... » Je sortis un tire-bouchon de mon sac. « Ta-da ! »

Il me lança un regard en coin pendant qu'il ramait.

« Je suis impressionné. Tu as vraiment pensé à tout. À vrai dire, il manque une seule chose. »

Mon cœur fit un bond quand je réalisai qu'il en était revenu au script.

« Oh, et laquelle ? »

Il se pencha en avant, tout comme il l'avait fait sur l'escalier de secours chez Krista, et vint appuyer légèrement ses lèvres sur les miennes. Mon estomac se noua et mes lèvres s'échauffèrent jusqu'à ce qu'il se retire subitement.

« Oh, non ! » s'exclama-t-il.

J'ouvris les yeux.

« Oh, non ? Hein ?

— Accroche-toi, Michelle. Ça s'annonce mal ! »

Je fronçai les sourcils.

« Enfin bon, il ne faudrait pas exagérer, je veux dire... on se disputait rarement, même quand on était sortis ensemble.

— Sérieusement, Michelle. Accroche-toi ! »

Je levai la tête à temps pour voir un canot à moteur foncer à côté de nous, laissant vague après vague dans son sillage — des vagues qui se dirigeaient droit vers notre barque.

Pour une raison inconnue, je commençai à paniquer et me levai. La couverture que Brooks m'avait remise tomba à mes pieds, et la barque tangua violemment. Puis Brooks se leva aussi en tendant sa main pour me soutenir. Mais au moment où je fis un pas vers lui, mon pied se prit dans la couverture et je trébuchai. Le monde s'immobilisa pendant une seconde alors que je chutais sur le côté. L'expression horrifiée de Brooks fut la dernière chose que je vis avant que je ne tombe dans l'eau sans autre cérémonie. Lorsque je refis surface en me frottant les yeux, l'expression de Brooks passa de l'horreur à l'amusement en une fraction de seconde.

Il me tendit sa main.

« Laisse-moi t'aider.

— Non, je peux me débrouiller. Je n'ai pas besoin d'aide », bafouillai-je en ignorant sa main pour aller saisir le côté de la barque.

« Michelle, attends, non. N'attrape pas le… »

Le reste de sa phrase fut noyée, littéralement, alors que Brooks atterrissait dans l'eau à côté de moi en faisant un gros splash, et que la barque se renversait, envoyant le panier à pique-nique dans la rivière.

Sorti de nulle part, un coup de tonnerre annonça l'arrivée de la pluie, et c'est à ce moment-là que je remarquai que les nuages blancs cotonneux de tout à l'heure étaient désormais sinistrement lourds et gris. Comme je savais que Brooks était bon nageur, je ne m'en faisais donc pas pour lui, mais j'étais un peu inquiète de la façon dont il réagirait au fait de l'avoir fait tomber dans la rivière.

Il refit surface, se frotta les yeux et me fixa du regard pendant ce qui semblait être une minute entière, avant de nager les quelques mètres qui le séparaient de moi. Je fermai alors les yeux en me préparant à ce qu'il explose de colère. Ceux-ci s'ouvrirent subitement quand je sentis ses lèvres sur les miennes. Seulement cette fois, il ne s'agissait pas d'un petit baiser léger. Non, cette fois, sa bouche vint réclamer la mienne. J'ouvris mes lèvres, et on se goûta l'un l'autre, affamés et dévorants. Cela m'avait manqué. *Il m'avait manqué.*

Mais c'est alors que je me rappelai pourquoi nous avions rompu. Comment il m'avait blessée.

Je me retirai subitement, en remarquant par-dessus son épaule qu'une petite foule s'était amassée sur la berge pour observer le bateau des secours qui s'approchait. Sans lancer un regard à Brooks, je nageai en direction du bateau. Les spectateurs applaudirent lorsqu'on nous tira à bord pour nous envelopper dans des couvertures chaudes.

Une fois assis à l'arrière du bateau, j'osai enfin jeter un coup d'œil à Brooks. Ses yeux bleus étaient posés sur les miens.

« Tu m'as manqué, Michelle. Plus que je ne m'en étais rendu compte », dit-il.

Mon ventre se noua sans le vouloir. Puis il m'embrassa à nouveau, encore et encore, même si ce n'était certainement pas dans le livre.

CHAPITRE NEUF

Après nous avoir donné des serviettes pour que nous puissions nous sécher et veillé à ce que nous ne souffrions pas d'hypothermie, l'équipe de sauvetage nous déposa sur la rive. Je supposais que cela voulait dire que ce faux rencard était terminé, même si mes lèvres picotaient toujours à cause de ses baisers.

Brooks me tendit sa main.

« Alors, où va-t-on maintenant ?

— Eh bien, le panier de pique-nique se trouve au fond de la rivière. Mais je ne crois pas qu'on soit habillé pour aller dîner, n'est-ce pas ? »

Je ris pour cacher ma nervosité, tout en claquant des dents alors que la pluie continuait de s'abattre.

Il me saisit la main en entrelaçant ses doigts dans les miens.

« Allez, il faut qu'on aille se mettre à l'abri de la pluie avant d'attraper une pneumonie. »

Je baissai les yeux vers nos doigts entrelacés.

« D'accord... »

On courut d'arbre en arbre le long de la berge, en essayant de se protéger du déluge autant que possible, jusqu'à manquer d'arbres. En nous précipitant vers la rue, Brooks repéra un taxi qui venait dans notre direction et le héla. Il attendit sous la pluie pendant que je montais dans le véhicule, puis il prit place à côté de moi. Le chauffeur de taxi n'avait pas trop l'air ravi de voir ses sièges trempés, mais il sembla apaisé par le pourboire plutôt important que Brooks lui donna à notre sortie quelques minutes plus tard.

« C'est une bonne chose que j'avais mon portefeuille dans ma poche, et non dans mon sac à dos », dit Brooks, alors que le taxi s'éloignait.

Nous marchions sur le trottoir, où les gens accéléraient le pas pour éviter la grosse pluie, dont nous, Californiens, avions rarement l'occasion de profiter.

Brooks et moi regardions autour de nous pour essayer de décider où aller. Nous ne pouvions pas être plus mouillés que nous l'étions déjà, mais je mourais d'envie de me réchauffer.

C'est alors qu'on la repéra en même temps — une librairie à l'ancienne, nichée entre un café et une boutique de vêtements. Les fenêtres de la librairie étaient remplies de piles de livres décrites de manière attrayante comme étant le « livre de la semaine », ou le « best-seller », ou encore « auteur local ». Je ne pus m'empêcher d'espérer que cette dernière catégorie me concernerait un jour.

On échangea tous les deux un regard, et je me demandai s'il pensait aux deux mêmes choses que moi — d'un, qu'il n'y avait pas de meilleur endroit pour se réchauffer qu'une librairie douillette, et de deux, qu'un jour peut-être, mon livre serait présenté dans cette vitrine.

Il me tint la main et on traversa rapidement la rue en évitant la circulation. La forte pluie avait créé d'énormes flaques d'eau à côté du trottoir. Je grimaçai à l'idée d'avoir les pieds trempés une nouvelle fois, mais il fallait que je monte sur le trottoir. Brooks, qui se tenait avec un pied sur la chaussée et l'autre sur le trottoir, me souleva tout à coup dans ses bras pour me faire passer par-dessus de la flaque.

Il finit par me poser sur le trottoir, mais sans enlever ses mains de ma taille. On se tenait comme ça, sous la pluie, ses bras autour de moi et mes yeux levés vers lui, l'eau de pluie ruisselant de ses cheveux pour tomber dans ses yeux. Je levai une main pour écarter les cheveux de son visage en lui faisant un sourire, même si nous étions trempés.

La porte de la librairie s'ouvrit en émettant un tintement à l'ancienne au moment où un client quitta l'établissement. On en profita alors pour se précipiter à l'intérieur, où la chaleur nous enveloppa immédiatement. Entrer dans une librairie, c'était comme rentrer à la maison. Je restai immobile pendant un instant, à respirer l'odeur incomparable des vieux livres et des fauteuils en cuir.

« Biblichor », dit-il.

Je me tournai vers Brooks.

« Qu'est-ce que tu as dit ?

— Biblichor. C'est un mot que j'ai lu une fois et qui décrit l'odeur des vieux livres. *Biblos* signifie livres, évidemment, et *ichor* est en lien avec le sang qui parcourt les veines des dieux. Bref, je l'ai lu une fois et c'est resté avec moi. C'est ce que tu inhalais, pas vrai ?

— Oui... »

Je me demandais comment cet homme, que je n'avais pas vu depuis presque dix ans, pouvait revenir dans ma vie et lire si bien dans mes pensées.

La gérante de la librairie arriva à la hâte et se présenta comme étant Hilda. C'était une femme plus âgée avec de longs cheveux gris et des lunettes à bord épais.

« Mes chers, vous devez être gelés. Je vous en prie, venez vous asseoir près du radiateur pour vous réchauffer.

— Merci », dit Brooks en passant son bras autour de moi.

« Je crains que ce ne soit pas l'ambiance d'une cheminée parce que... »

Elle balaya l'endroit d'un geste ample de la main pour montrer les milliers de livres qui brûleraient en l'espace de quelques minutes.

« Mais le radiateur vous réchauffera quand même, et avec un peu d'espoir, vous permettra de vous sécher un peu. »

On la suivit dans un labyrinthe d'étagères jusqu'à nous retrouver dans un coin tranquille de la librairie, tout au fond, où un radiateur électrique oscillait lentement en émettant une onde de chaleur délicate. Deux sofas en cuir couleur sang de bœuf étaient installés devant le radiateur, orientés à un certain angle de sorte qu'ils étaient presque face à face, avec une table basse en acajou sur le côté pour ne pas bloquer la chaleur.

Ce coin de la librairie était mon idée du paradis.

« Laissez-moi vous apporter quelque chose pour vous réchauffer, du café peut-être, ou un chocolat chaud ? Je garde toujours quelque chose à l'arrière... »

Hilda se dépêcha de partir avant qu'on ait la chance de refuser, nous laissant debout l'un en face de l'autre.

Brooks sourit.

« C'est comme...

— Être de retour au lycée ? » finis-je pour lui parce que je pensais à la même chose.

Nous avions passé certains de nos moments les plus heureux dans des librairies et des bibliothèques quand nous étions adolescents, de même que la plupart de nos rendez-vous.

À un moment donné au cours des deux heures suivantes, Brooks avait migré vers le sol devant mon siège, comme il l'avait toujours fait, et était captivé par *L'Attrape-cœurs*, un livre qu'il avait lu de nombreuses fois à l'école. De mon côté, j'étais recroquevillée dans mon fauteuil à lire *Les Quatre Filles du docteur March*, me délectant (comme toujours) des aventures de Jo, Meg, Beth et Amy. Je jouais distraitement avec les cheveux de Brooks qui s'étaient séchés en formant des boucles autour de son cou.

Je découvrais que cet homme était une habitude difficile à perdre.

« Je suis vraiment désolée, mais je dois fermer maintenant. »

La voix d'Hilda nous fit sursauter tous les deux, et j'étais étonnée (et un peu gênée) de voir que nous étions assis dans cette boutique depuis plus de deux heures. Cela avait toujours été comme ça avec Brooks, moi et les livres. On se perdait l'un dans l'autre, ainsi que dans les histoires qu'on lisait, et le temps passait vite.

Brooks se redressa en un bond et m'aida à me lever doucement. Alors que je bâillais et m'étirais, réticente à quitter la chaleur du radiateur, je pouvais entendre Brooks et Hilda parler et rire. Je glissai mes pieds dans mes chaussures bleues et les rejoignis à la porte.

Après avoir vivement remercié la femme pour sa gentillesse, on s'engouffra dans l'air désormais sec de la soirée. Je bâillai à nouveau.

« Tu t'ennuies ? » demanda-t-il avec un petit rire.

« Pas du tout. » Je secouai la tête alors que nous marchions sur le trottoir. « À vrai dire, j'étais si confortable et détendue que j'aurais pu y rester toute la nuit », dis-je en remarquant que sa main avait trouvé la mienne.

Je m'arrêtai de marcher et me tournai pour lui faire face.

« Merci. »

Il baissa la tête vers moi, les yeux brillants.

« De quoi ? »

Je me hissai sur la pointe des pieds et déposai un baiser sur sa joue.

« Pour le meilleur des non-rencards de tous les temps.

— Je t'en prie. Et... » Il me remit un sac en papier que je n'avais même pas remarqué qu'il tenait dans son autre main. « J'espère que tu apprécieras ce petit souvenir de notre meilleur non-rencard de tous les temps.

— Qu'est-ce que tu as fait ? »

Mon cœur accéléra quand j'ouvris le sac. J'en sortis un exemplaire des *Quatre Filles du docteur March*, que je lisais plus tôt. Je levai mes yeux remplis de larmes vers lui.

« C'est... le cadeau le plus romantique que j'ai jamais reçu. Merci. »

Il sourit et passa un bras autour de mes épaules, comme il l'avait fait il y a dix ans. Mais alors que nous commencions à parler, j'aperçus quelque chose qui me fit arrêter net. Tous les magasins devant lesquels on était passé étaient fermés, sauf celui devant lequel on se trouvait maintenant — la boutique de vêtements pour hommes haut de gamme, *Taylor & Sons*. La lumière était allumée à l'intérieur, et une vendeuse était en train de scanner les étiquettes à la caisse pour un client que je reconnus immédiatement.

Mon regard se posa sur un énorme tas de vêtements qu'elle pliait et enveloppait dans du papier de soie, avant de les placer à l'intérieur des sacs.

« Phillip ! » m'exclamai-je.

Brooks me regarda, puis suivit mon regard vers le magasin, dans lequel mon demi-frère était en train de remettre une carte de crédit à la caissière, qui l'accepta avec un sourire.

« Phillip ? Comme le Phillip, pour qui tu dois payer neuf-mille dollars en arriéré de loyer ? »

Je hochai la tête, trop abasourdie pour répondre. Brooks se dirigea vers la porte de la boutique, mais je posai une main sur son bras pour l'arrêter.

« Je t'en prie, non. »

Il fronça les sourcils.

« Tu es sérieuse ? Michelle, il est en train de te détrousser et tu le laisses faire. Entrons dans la boutique pour leur dire de remettre l'argent sur sa carte, et à la place, obligeons-le à retirer l'argent de cette carte de crédit pour payer son loyer. »

Je secouai la tête.

« Brooks, s'il te plaît. Je n'ai pas envie de me disputer là-dedans. Je déteste les confrontations, surtout en public. Écoute, peut-on s'en aller ? S'il te plaît ? Je m'occuperai de lui à mon rythme et à ma manière.

— Mais...

— J'ai dit que je n'ai pas envie de faire ça », m'exclamai-je en me tournant pour continuer à marcher sur le trottoir.

Je me dépêchai de m'éloigner le plus vite et le plus loin possible de Phillip et de ses sacs de shopping. Bien qu'il restât silencieux, Brooks allait aussi vite que moi et nous marchions sans parler. Je regrettais de lui avoir aboyé dessus, mais en même temps, je ne pensais pas qu'il était juste de sa part d'insister pour faire quelque chose dont je n'avais pas envie. Juste au moment où j'avais l'impression que le rencard était gâché, je pensais à dire quelque chose, quand tout à coup, sa main vint envelopper la mienne. Mon estomac se noua, et je me sentis mieux à son contact. Je me tournai pour lui faire un petit sourire, et les coins de sa bouche se soulevèrent en retour.

CHAPITRE DIX

Malgré la fin catastrophique du rendez-vous — et quand est-ce que c'était autre chose que catastrophique quand il s'agissait de Phillip ? — j'étais encore sur un petit nuage. Les choses n'auraient pas pu mieux se dérouler si j'avais écrit le rendez-vous moi-même. Ma satisfaction était non seulement pleine de suffisance pour avoir prouvé que Brooks avait tort, mais c'était surtout un pur plaisir d'avoir écrit ce qui s'était avéré être un très bon livre, comme il aurait dû être écrit, et non pas avec des ajouts « réalistes » qui n'étaient pas si romantiques.

Inspirée, les idées se bousculaient dans mon cerveau. Je n'avais pas prévu d'écrire un second livre ou une série tout entière, mais les personnages parlaient dans ma tête — qui étais-je pour ne pas écrire leur histoire ? Plus j'y réfléchissais, plus c'était logique.

Avec mon premier manuscrit imprimé et posé à côté de moi sur le comptoir de la cuisine, je m'installais sur le tabouret pour travailler sur le livre numéro deux, quand on frappa à la porte. Qui cela pourrait-il être ? Brooks ? Mon cœur fit un bond et je me levai pour...

« C'est ton jour de chance ! » lâcha Krista en faisant irruption dans la pièce avant de se diriger vers moi, avec un sac de courses dans une main et une bouteille de vin dans l'autre. « Je vais préparer le dîner pour Missy et toi ce soir. Elle t'a appelée pour te prévenir ?

— Non », répondis-je.

Bien qu'elle fût très gentille, je n'avais pas le temps de socialiser en ce moment, pas quand ma muse m'inspirait. En tant qu'auteure, je devais noter mes idées pendant qu'elles me venaient librement.

« Oh, c'est très gentil à toi, Krista, mais...

— Pas de mais, ça fait un bail qu'on n'a pas passé une soirée entre filles. » Elle posa son sac sur le comptoir, juste au-dessus de mon premier manuscrit. Elle me regarda, puis jeta un œil sur les papiers éparpillés. « Tu travaillais ? »

Je hochai la tête.

« J'ai des idées pour un second livre et je dois écrire les scènes pendant qu'elles sont encore fraîches dans ma mémoire.

— Pas de problème. » Krista fit signe de fermer sa bouche à clé et murmura : « Je me ferai aussi discrète qu'une souris, promis. »

Je lui fis un sourire. Ce serait sympa de dîner avec les filles. On pourrait papoter et je pourrais tout leur dire sur mon rendez-vous. Mais d'abord... il fallait que j'écrive. S'il y avait une chose que je savais, c'était qu'il ne fallait pas décevoir ma muse quand elle était chargée à bloc. Je m'installai à nouveau sur mon tabouret et récupérai les pages de sous le sac de Krista.

« Oh, Michelle ! Tu ne devineras jamais ce que ma patronne a fait », dit-elle comme si elle avait déjà oublié sa promesse de se faire discrète. »

« Je suis sûre que non. »

Je lançai un regard appuyé à Krista, mais elle était occupée à hacher de l'ail et ne leva pas la tête pour me voir la fixer.

Elle marqua une pause, le couteau en l'air.

« Ma patronne se regardait dans son miroir de poche, et n'arrêtait pas de nous demander si on pouvait voir une ride sur son front. Aucune de nous n'en voyait parce que, tu sais, elle a payé une grosse somme d'argent pour s'occuper de ça, puisqu'elle avait des rides avant, et maintenant, *nada*.

— Krista, il faut vraiment que je note tout ça avant qu'on dîne ensemble.

— Ah oui, c'est vrai. Pas de problème. »

Elle hocha la tête et retourna à sa gousse d'ail. Je n'avais saisi que deux phrases dans mon premier paragraphe quand Krista se mit à rire. Elle se tourna vers moi, et se couvrit la bouche avec sa main.

« Oups, pardon. Je pensais juste au miroir que ma patronne a sorti et qui ressemblait à une loupe, alors qu'elle insistait sur le fait qu'il y avait une nouvelle ride. Ce n'était pas le cas, mais elle ne voulait rien entendre. Tu vois ?

— J'imagine…

— Enfin bon, je sais qu'elle a la cinquantaine, mais tout de même. C'est normal de prendre de l'âge. Pas besoin de faire une fixation dessus, non ? Je ne suis sûrement pas pressée d'arriver à la ménopause. »

Je fixai du regard un morceau d'ail que Krista venait de projeter sur l'écran de mon ordinateur portable, et l'observai qui glissait lentement vers le bas, tel un escargot à l'odeur puissante.

« Pardon, pardon, je me tais maintenant. »

J'essuyai mon écran et me rassis.

« Merci. Ça ne me prendra pas longtemps, mais il faut vraiment que j'écrive tant que les mots me viennent à l'esprit. »

Le silence régna pendant quelques minutes, et je commençai à me détendre.

« Mais quel âge a-t-elle, à ton avis ? » demanda Krista qui coupait un oignon. « Tu as rencontré ma patronne. Elle n'est pas proche de l'âge de la retraite. Tu ne crois pas qu'elle va prendre sa retraite, si ? Cela ne me plairait pas du tout, si c'était le cas. C'est une patronne agréable, et à entendre toutes ces histoires à propos des patrons effrayants...

— Krista ? Je travaille...

— Oups, pardon. Je la boucle. »

On tomba dans une ambiance travailleuse, moi tapotant sur mon clavier et Krista... À vrai dire, Krista était introuvable, alors que sa sauce tomate au basilic débordait de la poêle et éclaboussait mes pages.

« Kristaaaaa ! »

Une Krista au visage rouge sortit de la salle de bains, un miroir de poche à la main.

« Qu'est-ce qu'il y a ?

— Ta sauce est en train de déborder. Que faisais-tu ? »

Elle arriva du côté de mon comptoir et leva son menton dans ma direction.

« Est-ce que tu peux regarder mon front pour moi ? Je crois que je vois une nouvelle ride, mais je n'en suis pas sûre. »

J'arrachai son miroir de sa main.

« Tu as vingt-sept ans. Tu n'as pas de rides, tu n'es pas ménopausée et ta sauce attache à la poêle. »

Je déplaçai mon ordinateur vers le canapé, juste au moment où mon téléphone se mit à vibrer. Je m'affalai sur les coussins en poussant un soupir parce qu'il fallait vraiment que je termine mon travail. Mais si ma mère avait eu un accident de voiture ? Et si j'avais gagné à la loterie ? Ou autre chose d'aussi important... ?

Je consultai l'écran de mon portable et vis qu'il s'agissait d'un SMS de Brooks. Mon estomac se noua quand j'ouvris le message : *Hé, ça va ?*

J'envoyai une réponse : *Ça va bien, merci. Toi ?*

Vingt secondes plus tard, mon téléphone émit un petit son : *Au fait... je tenais à m'excuser de t'avoir contrariée à propos de ton demi-frère. Ce n'étaient pas mes affaires et j'aurais dû me taire.*

Je lui répondis : *Merci. Je sais que tu pensais bien faire.*

Quelques secondes plus tard : *Je peux me faire pardonner ?*

Mon cœur fondit un peu. Je répondis : *À quoi tu penses ?*

Il renvoya : *Un autre rencard. Cette fois, une page de MON livre. Enfin, si j'en avais écrit un…*

J'étais tellement absorbée par les SMS de Brooks que je n'avais pas entendu Missy entrer, mais le timing était parfait.

« Devine quoi ? » dis-je en me précipitant vers elle. « Brooks vient de me demander s'il pouvait m'inviter à sortir dans le genre de rencard qu'il planifierait si c'était *son* livre et pas le mien. Tu en penses quoi ? »

Mon téléphone vibra à nouveau : *Alors ?*

Missy sourit.

« Je crois qu'il t'aime. »

Je levai les yeux au ciel.

« Krista ? À ton avis ? »

Elle regarda Missy, et elles firent toutes les deux un clin d'œil.

« De toute évidence, tu veux y aller, alors oui. Fais-le. Michelle, ce type a l'air amoureux. Ouh…

— C'est exactement ce que j'espérais que tu dirais. »

Je frappai dans mes mains, puis je me ressaisis pour saisir ma réponse : *Je suis partante. Dis-moi juste où et quand.*

* * *

Brooks m'avait dit de porter une tenue confortable, et je devais admettre que j'étais intriguée. Il avait organisé le rendez-vous pour la soirée suivante, ce qui était une bonne chose. Après une seule nuit sans le voir, il me manquait déjà (non pas que je l'avouerais à quiconque).

« Bienvenue chez Keller. »

Brooks fit un pas en arrière pour me laisser entrer, et je m'avançai dans son appartement.

J'inhalai admirativement.

« Mmmm, ça sent bon. »

L'appartement de Brooks était sublime. Chaud et confortable, il y avait des étagères qui allaient du sol au plafond sur un mur, remplies de livres, ainsi que des jetés sur les canapés et un vieux fauteuil à bascule devant la fenêtre.

Brooks vit que je regardais la chaise à bascule.

« Il appartenait à ma grand-mère. Elle avait l'habitude de s'asseoir dans ce fauteuil pour me lire des histoires quand j'étais petit. Maintenant, à chaque fois que je veux m'échapper pendant un temps, je m'assois dans ce fauteuil avec un bon livre pour m'y perdre pendant quelques heures. J'adore, surtout quand il pleut, et comme ça n'arrive pas souvent, c'est plutôt spécial.

— Tout comme lors de notre visite à la librairie », dis-je en le regardant montrer la grande fenêtre derrière le fauteuil.

Je ne pouvais qu'imaginer à quel point il était douillet de s'asseoir à cet endroit, pendant que le monde tombait dans le silence, à part les mots dans mon esprit et les flammes crépitant dans la cheminée.

Après avoir pris ma veste, Brooks me dit de me mettre à l'aise et disparut dans la cuisine. L'odeur faisait gargouiller mon ventre, et après quelques minutes il m'appela à la table. Comme le gentleman qu'il était, il me tira la chaise et attendit que je m'assoie avant de retourner à la cuisine, puis revint avec des gros bols fumants dans ses mains.

« J'ai préparé une soupe de pâtes alphabet pour le dîner. »

Je regardai mon bol, puis éclatai de rire, légèrement perdue.

« Euh... je vois ça. »

Il sourit.

« Ne juge pas un livre à sa couverture. C'est ma spécialité et elle cuit depuis longtemps. Tu vas adorer. »

Il ne plaisantait pas. Le bouillon de bœuf était délicieux et robuste, avec ses minuscules morceaux de légumes qui flottaient parmi les pâtes en forme de lettres. J'arrachai un bout de pain croustillant et Brooks m'informa fièrement qu'il était fait maison. Le pain allait parfaitement avec la soupe.

« On pourrait penser que vous essayez de m'impressionner, M. Keller. »

Il me regarda intensément.

« Peut-être que c'est le cas. »

Je souris.

« Ta spécialité, c'est la soupe alphabet, pour toujours avoir quelque chose à lire, même quand tu manges ? »

Il me lança un regard sérieux.

« J'avais l'habitude d'aider mon grand-père à préparer cette soupe quand j'étais enfant. »

Je hochai la tête.

« Je me rappelle ton grand-père. Comment va-t-il ? »

Il s'arrêta de manger pendant un instant.

« Il est mort il y a deux ans. »

Oh, non. Moi et ma grande bouche.

« Je suis tellement désolée, Brooks. Je n'en avais aucune idée. C'était un homme adorable. Comment a-t-il... ? »

Je me tus, sans savoir si demander la raison de son décès était approprié ou non.

« Il avait Alzheimer, mais il est mort d'une infection. »

Je tendis un bras au-dessus de la table et serra sa main.

« Je suis désolée, Brooks. Je sais que vous étiez proches tous les deux. »

Il sourit, avec un air distant sur le visage.

« Quand grand-père est allé dans un foyer, je passais chaque jeudi avec lui là-bas. Dans ses bons jours, on sortait pendant une heure ou deux. Dans ses jours pas si bons, on restait à l'intérieur et on préparait une soupe alphabet ensemble. Cela l'aidait toujours à se rappeler qui j'étais. »

Je ne savais pas quoi dire. Je me sentais vraiment triste pour Brooks, et pour la perte d'un homme si bon et adorable.

« Tu sais, j'ai toujours été un peu jalouse de ta famille », avouai-je.

Il me regarda d'un air surpris.

« Vraiment ? Pourquoi ? Je veux dire, tu avais la famille parfaite. »

Je dévisageai Brooks et pris une gorgée de vin, en secouant légèrement la tête. Il s'était confié à propos de son grand-père, et j'avais l'impression qu'il fallait que je m'ouvre un peu et révèle quelque chose de ma propre vie, dont il n'était pas au courant.

« Eh bien, ce n'était pas si parfait que ça... »

Il inclina la tête sur le côté, sans rien dire, attendant que je continue à mon rythme.

« J'ai essayé de le cacher, mais la vie était difficile pour moi en grandissant. Mes parents avaient une relation tumultueuse, et il y avait sans cesse des disputes à la maison. Ils ne sont restés ensemble que pour moi, apparemment, chose qu'on me rappelait souvent. »

Ce fut au tour de Brooks de me tenir la main.

« Je suis désolé », dit-il en répétant mes propres paroles. « Je n'en avais aucune idée. Tu m'as toujours dit que tu avais une vie familiale très heureuse. À vrai dire, je t'avais enviée, puisque mon père était mort quand j'étais jeune, et que ma mère était partie avec un autre homme, en me laissant avec mes grands-parents qui ont dû m'élever.

— Je sais que c'était difficile pour toi.

— C'est la vie », dit-il en haussant les épaules. « Mais ta famille semblait toujours si unie. »

Je secouai la tête.

« C'est l'image qu'ils voulaient montrer à tout le monde, mais ce n'étaient que pour les apparences. En privé, les disputes s'enchaînaient de façon interminable.

— Tu t'échappais donc grâce à tes histoires ? »

Je hochai la tête.

« Oui, j'écrivais des histoires avec des fins heureuses, parce que c'étaient les seules auxquelles je pouvais me fier, celles qu'on inventait. Même si je pensais que toi et moi, on... » Je fis un geste vers Brooks, puis vers moi-même. « Je pensais qu'on créerait notre propre fin de conte de fées. »

Son visage s'affaissa.

« Oh, Michelle. Je suis tellement désolé, c'est juste que... »

Il s'arrêta, sans vouloir apparemment terminer ce qu'il avait commencé à dire.

Il prit la cuillère de ma main, se mit à mélanger ma soupe, puis il montra mon bol d'un signe de tête. Perdue dans mes pensées, je suivis tout de même son regard. À la surface de ma soupe flottaient trois petits mots.

« Bois à moi ? » demandai-je.

Il baissa ses yeux vers les lettres flottantes et se mit à rire.

« La lettre B a remplacé la lettre S qui a dû s'échapper. C'était censé être romantique. »

Je m'emparai de la cuillère et déplaçai quelques lettres à mon tour.

« Oh ? » demanda-t-il.

Les sourcils froncés, j'éclatai aussi de rire.

« Ok. C'était censé dire *ok*. »

Il saisit ma main.

« Je sais. Je te taquine. »

Je souris en regardant dans ses magnifiques yeux, et les années s'envolèrent. Alors qu'il se penchait vers moi, je fermai les yeux et la sensation familière de ses lèvres sur les miennes me gonfla le cœur d'émotion. Le baiser dura pendant ce qui semblait une éternité, et pourtant, il prit fin trop tôt. Quand il se retira enfin, ses yeux donnaient l'impression d'avoir pris une couleur plus profonde. Sans dire un mot, il déplaça sa chaise en contournant la table pour venir à mes côtés, puis m'embrassa à nouveau en caressant ma joue avec sa main droite.

« Tu m'as manqué, Michelle. » Ses lèvres effleurèrent les miennes pendant qu'il parlait. « Tu m'as tellement manqué. »

Tout à coup, j'eus envie de savoir, besoin de savoir comment il avait pu renoncer à nous.

« Alors pourquoi, Brooks ? Pourquoi as-tu mis fin à ce qu'il y avait entre nous ? »

Il écarta mes cheveux de mon visage et les plaça derrière mon oreille.

« J'étais stupide, jeune et... »

Je ne le laissai pas finir sa phrase. Tout comme cette nuit au bal masqué, je me penchai pour appuyer ma bouche contre la sienne — seulement cette fois, les baisers durèrent beaucoup plus longtemps.

CHAPITRE ONZE

Hier soir, les choses avec Brooks avaient été intenses. Non seulement à cause des découvertes qu'on avait faites à propos de l'autre, mais aussi parce que nous nous étions embrassés jusque tard dans la nuit — en oubliant la soupe alphabet qui avait refroidi et le pain fait maison devenu sec et rassis.

Maintenant, nous étions en train de prendre le déjeuner dans un restaurant italien appelé *Cafe Mattia*.

« Merci d'être venue me retrouver », dit-il.

Je lui souris.

« Bien sûr.

— J'étais un peu inquiet », dit-il en me rendant mon sourire. « J'ai eu l'impression d'avoir peut-être réouvert de vieilles blessures hier soir. »

Je secouai la tête.

« Non, ce n'est pas grave. » J'arrêtai de parler pour prendre un morceau de pizza, qui était si délicieuse que je ne pouvais plus parler pendant un instant. « Wow, c'est presque aussi bon que ta soupe. »

Il éclata de rire.

« Merci pour l'éloge. Je ne t'ai pas dit que c'était la meilleure pizza de toute la ville ? »

Je m'arrêtai net et plissai les yeux en regardant Brooks, mon énorme part de pizza au pepperoni en l'air.

« Attends une minute, c'est une réplique de mon livre. Mais, toute cette scène est un chapitre de mon livre ! »

Brooks feignit l'innocence pendant un instant, puis arbora un sourire enfantin.

« Ravi que tu t'en sois rendu compte, puisque tu en es l'auteure. Je pensais qu'on devrait revenir au sujet de notre petite expérience.

— Brooks Keller, si je n'avais pas les mains occupées par la pizza la plus raffinée du Cafe Mattia, je me serais jetée à ton cou immédiatement. »

J'étais touchée. Je ne savais pas que Brooks pouvait être si romantique. Pourtant, nous voilà ici, à reconstituer un autre de mes chapitres.

« Eh bien, après la nuit dernière, je voulais te donner ton propre rendez-vous romantique. Et je dois admettre que... » Brooks marqua une pause, comme pour décider s'il devait continuer ou non. « Tu as vraiment de bonnes idées de rencards. »

Je rougis à ce compliment.

« Eh bien, merci, mon bon monsieur. »

Il déposa un baiser sur le dos de ma main.

« Tout le plaisir est pour moi, ma bonne dame. »

Je tendis la main pour essuyer un peu de sauce du coin de la délicieuse bouche de Brooks, et il tourna son visage dans ma main, dont il embrassa délicatement la paume. Après le déjeuner, il régla la note et on marcha dans la rue main dans la main.

« Il faut que je te dise quelque chose, Michelle », dit-il.

Mon cœur se serra. Cela ne présageait généralement rien de bon. Il me prit par le coude et me conduisit vers un banc en bois juste à l'intérieur des portails d'un parc. Je m'assis et le regardai dans les yeux.

« Tu es marié ? » demandai-je.

Il fronça les sourcils.

« Quoi ? Non !

— Fiancé ?

— Sérieusement, Michelle ? Non. »

Je réfléchis pendant un instant.

« Tu n'es pas malade, si ? »

Il prit mon visage entre ses mains.

« Arrête, d'accord ? Ce n'est rien de tout ça.

— Alors... quoi ? » demandai-je.

Il prit une profonde inspiration.

« Tu m'as demandé hier soir pourquoi j'ai rompu avec toi.

— Ce n'est pas grave. Tu n'es pas obligé de répondre », dis-je en baissant les yeux par terre. « Je me suis toujours dit que c'était parce que je n'étais pas assez intellectuelle pur toi. Moi, avec mes romans d'amour, toujours à m'échapper dans des mondes remplis de fins de conte de fées, au lieu de la *réalité*, comme tu l'appelles. »

Il eut l'air horrifié.

« Non, ce n'est pas pour cette raison. À vrai dire, c'est plutôt le contraire. »

Je levai les yeux.

« Alors pourquoi ? »

Il laissa échapper un soupir.

« J'adorais être avec toi. J'adorais chaque minute de chaque jour qu'on passait ensemble... »

Je secouai la tête.

« Alors... quoi ? »

Il ouvrit ses yeux en plus grand.

« Eh bien, tu étais intelligente, à tel point que tu as obtenu cette bourse. Je ne pouvais pas te faire obstacle, Michelle. »

Je fronçai les sourcils.

« Je ne comprends pas.

— Ta famille ne pouvait pas se permettre de te payer des

études dans une autre université, et cette bourse était tout pour ton avenir. C'était ton billet pour aller vers des choses plus grandes et meilleures. Je ne pouvais pas te laisser gâcher ça pour moi.

— Comme tu l'as dit cette nuit chez Krista. » Mes yeux se remplirent de larmes et je secouai la tête. « Tu n'as pas inventé ça.

— Non, dit-il doucement.

— Mais, je voulais être avec toi.

— Je sais, mais je ne pouvais pas te laisser rater cette opportunité pour moi », dit-il en essuyant mes larmes avec son pouce. « Je voulais aussi être avec toi. Je t'ai laissée partir pour *toi*, Michelle. Cela m'a brisé le cœur. »

Je n'en croyais pas mes oreilles.

« Alors, tu n'as pas rompu parce que je lis des romans d'amour et pas le genre de livres que tu lis ? »

Il secoua la tête en souriant à moitié.

« J'adorais le fait que tu étais si romantique et si optimiste dans la vie. C'était la raison pour laquelle je t'ai laissée partir, pour que tu puisses te servir de cette imagination et de cet enthousiasme, et non pas les gâcher en me suivant. »

Il prit mon menton dans le creux de sa main et leva mon visage pour pouvoir me regarder dans les yeux.

« Mais crois-moi quand je dis que je ne me suis jamais remis de t'avoir perdue. »

C'est alors qu'il m'embrassa, et je ne voulus jamais que cela se termine.

Debout devant l'hôtel Geoffries ce vendredi soir, je n'arrivais pas à cacher mon excitation pour notre rendez-vous de ce soir. Brooks se tenait derrière moi avec ses mains sur mes yeux, me guidant à travers les portes et en me faisant avancer.

« Ne me laisse pas buter contre quoi que ce soit », dis-je en tâtonnant l'air devant moi.

Il ricana.

« D'accord. »

Mon pied se prit dans quelque chose et je perdis l'équilibre.

« Brooks ! Tu as promis.

— Tu as trébuché sur le talon de ta propre chaussure. Fais-moi confiance, d'accord ? »

Il y avait eu un temps où l'idée même de faire confiance à Brooks Keller m'aurait fait horreur, mais maintenant, c'était une autre histoire.

« D'accord, je te fais confiance », répondis-je.

On s'arrêta, et Brooks retira ses mains de mes yeux, en me faisant promettre de les garder fermés pendant qu'il s'éloignait pendant un instant. Il y eut un léger courant d'air au moment où il ouvrit ce qui avait l'air d'être de lourdes portes, puis il était de retour derrière moi pour me faire avancer à nouveau.

« D'accord, maintenant quand je dirai *marche*, j'aurai besoin que tu lèves légèrement le pied en avançant en même temps. »

Je hochai la tête, mais je me déplaçai avant qu'il ne soit prêt, et je me sentis osciller vers l'avant — comme lorsqu'on fait en évaluant incorrectement le nombre de marches et en pensant qu'il en reste une, alors qu'il n'y en a pas. Mon pied atterrit sur le sol avec la grâce d'un sumo.

« Brooks ! » m'exclamai-je.

Il étouffa un rire.

« Je t'ai dit d'attendre que je dise *marche*. D'accord, prête ? »

Je hochai la tête en avançant mon pied jusqu'à ce qu'il rencontre un obstacle, avant de le lever jusqu'à sentir la surface sur laquelle Brooks voulait me faire monter.

« D'accord, maintenant déplace-toi à droite. Un peu plus. Non, trop loin. Cinq centimètres sur la gauche. D'accord, parfait. Maintenant, assieds-toi. »

Je m'exécutai en m'asseyant par terre, sur quelque chose de doux en velours. Je sentis ensuite Brooks qui prit place à côté de moi.

« Maintenant, ouvre les yeux », dit-il.

J'ouvris prudemment d'abord un œil, puis l'autre. Puis, j'écarquillai les deux yeux avec incrédulité en regardant autour de la pièce. Nous étions assis sur un tapis pourpre en peluche avec des glands dorés, sur le sol d'une salle de banquet. La pièce était grande et ronde, avec des murs blancs.

« Qu'est-ce qui se passe ? » demandai-je en remarquant un projecteur installé au milieu du sol derrière nous.

Je me retournai vers Brooks, qui était assis derrière moi et sourit.

Comme à point nommé, les premières notes de la chanson *Ce rêve bleu* d'Aladdin commencèrent à retentir. Je me penchai en arrière contre la poitrine de Brooks, et un ventilateur démarra en soufflant de l'air en plein visage. On aurait dit qu'on volait dans les airs comme Aladdin et Jasmine dans le film.

« Regarde », dit Brooks en pointant son doigt vers un mur, où le projecteur avait affiché des images panoramiques du Taj Mahal.

« C'est incroyable ! m'exclamai-je.

— Accroche-toi », murmura-t-il, puis le tapis se mit à bouger.

« Comment as-tu fait ça ?

— J'ai frotté une lampe magique », dit-il en passant ses bras autour de ma taille, alors qu'on glissait lentement dans la salle circulaire, avec les images devant nous changeant constamment pour montrer tous les endroits du monde que j'avais toujours eu envie de visiter.

« Oh, c'est Paris ! Regarde, c'est la tour Eiffel », dis-je.

Il eut un petit rire.

« Oui. »

Je poussai un soupir de plaisir en me penchant en arrière contre lui, à contempler les quatre coins du monde apparaissant sur les murs, pendant qu'on planait sur, eh bien, un tapis magique.

Au fur et à mesure que la musique diminuait, des guirlandes lumineuses argentées s'allumèrent au plafond et le tapis s'arrêta.

« Comment as-tu fait ça ? Je veux dire, vraiment, comment ? » demandai-je en secouant ma tête.

Il avait recréé une autre scène romantique de mon livre et réussi à la rendre encore plus magique.

Il rit en se tenant à moi.

« Les merveilles du skateboard électrique », dit-il en soulevant un coin du tapis pour me montrer la planche à roulettes en-dessous. « Et un genre de plaque tournante à télécommande sur lequel repose le projecteur pour qu'il puisse bouger autour de la salle. J'ai demandé à un vieil ami de l'installer pour moi. »

Je restai bouche bée pendant un instant. Sincèrement étouffée par l'émotion, je me tournai pour lui faire face. Je pris son visage dans mes mains et l'embrassai à l'image d'une princesse à la fin d'un film. Les choses ne pouvaient pas être plus parfaites que ça.

« Merci », dis-je en ouvrant ma bouche au fur et à mesure que son baiser devenait plus passionné. Quand il se retira, je souris. « Tu es incroyable, vraiment.

— Tu as gagné », murmura-t-il dans mon oreille alors qu'il me tenait à nouveau dans ses bras.

Je me reculai et fouillai dans son regard.

« Ah bon ?

— Oui, Michelle. » Il hocha la tête, ses yeux bleus remplis d'émotion. « J'ai complètement craqué pour toi une nouvelle fois. Cela veut dire que tu avais raison. Les contes de fées modernes se réalisent vraiment. »

J'appuyai ma bouche contre la sienne.

« Après tout, ça fait de toi le Prince Charmant.

— Mmmm », dit-il en m'embrassant à nouveau. « Mais un marché est un marché. Passe au bureau demain et on examinera le contrat. Le manuscrit sera publié par *Prince & Company*... à ta façon.

— Tu publieras mon livre tel quel ? » demandai-je en le regardant hocher la tête. « Oh, très bien. »

Il leva les sourcils.

« C'est tout ce que tu as à dire ? »

Je gloussai en me penchant en avant.

« Ne t'en fais pas. J'ai aussi craqué pour toi. »

Les coins de sa bouche se soulevèrent, puis il vint appuyer sa bouche contre la mienne.

Brooks me déposa à la maison, et j'entrai dans mon appartement en me sentant étourdie par ses baisers de rêve. Quand je sortis mon téléphone de mon sac à main, je consultai l'écran et vis qu'on avait laissé un message vocal. Je l'écoutai dans un état second.

« *Bonjour, je cherche à joindre Mia Mapleton. Je suis Jodi McLoughlin de la maison d'édition* Paradise Bound. *J'ai reçu le manuscrit que vous nous avez soumis, et je dois vous dire que je l'ai a-do-ré ! Vous avez saisi l'histoire d'amour et la fin heureuse d'une manière que je n'ai jamais lue auparavant. Très original. Veuillez me rappeler à ce numéro dès que possible, quelle que soit l'heure. Nous aimerions avoir l'opportunité de publier votre formidable livre tel quel. Il est absolument parfait.* »

J'écoutai bouche bée pendant que Jodi s'extasiait sur les différentes parties de mon livre qui l'avaient fait « défaillir ». En la rappelant, j'écarquillai mes yeux en entendant l'avance proposée, qui était beaucoup plus importante que les dix-mille dollars que Brooks avait offerts.

Mais j'étais censée passer au bureau de Brooks demain pour signer le contrat.

Maintenant, j'étais partagée.

CHAPITRE DOUZE

« Prête pour une *sérieuse* cure de shopping ? » demanda Krista avec une expression animée.

Elle adorait le shopping, surtout quand il s'agissait d'essayer des robes glamour et des chaussures étincelantes.

« Sérieusement, Michelle, n'est-ce pas amusant ? »

Je haussai les épaules.

« Meh. »

Elle se tourna vers moi, alors qu'on était sur le point d'ouvrir la porte d'une boutique de robes en centre-ville.

« Comment ça, *meh* ? On va essayer des robes superbes, et tout ce que tu trouves à dire, c'est *meh* ? Qu'est-ce qui ne va pas chez toi ? »

Je passai à côté d'elle pour pousser la porte, avant de lâcher un soupir.

« C'est une histoire de bouquin. »

Elle fronça les sourcils alors qu'on débarquait à l'intérieur. Elle posa son sac à main sur l'un des fauteuils luxueux au milieu de la pièce. Je m'installai dans l'autre siège et croisai mes jambes.

« Ce fauteuil est plus raffiné que tout ce que j'ai dans mon appartement. Tu crois que je peux le sortir en douce dans mon sac fourre-tout ? » plaisantai-je en caressant le velours bleu.

Ce fauteuil me rappela l'incroyable virée en tapis magique de Brooks, et mon estomac se noua à nouveau. J'étais si partagée entre l'idée d'accepter l'offre de Jodi et celle de rester loyale à Brooks. Après tout, il venait d'être promu éditeur, et je serais la première auteure qu'il signerait.

« Non, je ne pense pas que tu pourrais faire sortir en douce tout un fauteuil », dit-elle en soulevant une robe qu'elle venait de trouver. « Mais tu pourrais peut-être le cacher sous cette jupe. Regarde-moi toutes ces couches sur celle-ci.

— Elle est jolie, » dis-je sans beaucoup d'intérêt.

La robe était bleu métallique avec de longues manches en dentelle, un corsage ajusté et la jupe la plus mousseuse que j'avais jamais vue.

« Tu devrais totalement l'essayer », dit-elle.

Je tapotai mes doigts sur le bras du fauteuil.

« Pourquoi ne l'essaies-tu pas, toi ? C'est toi qui l'as trouvée. »

Elle inclina sa tête sur un côté et leva un sourcil.

« Parce que c'est ton style de porter des robes de princesses, et elle aurait l'air magique sur toi. Mon style de robe, c'est plutôt celle dans laquelle je n'arrive pas à respirer, mais que je porte quand même parce qu'elle est jolie.

— Tu sais, ta logique a vraiment un sens », dis-je en me levant pour aller ouvrir le rideau d'une cabine d'essayage, la robe dans les bras.

« Tu ne devineras jamais ce que ma patronne a fait maintenant, dit Krista.

— Qu'est-ce qu'elle a fait, cette fois ? » demandai-je en enfilant la robe et en la tirant vers le haut avant de glisser mes bras dans les manches.

« Elle m'a demandé d'aller chercher des donuts hier, alors que cette femme est anti-sucre. Elle n'en veut même pas dans ses assaisonnements pour salade. Donc, je lui ai demandé si elle était sûre de vouloir manger un donut, et elle a dit oui en me disant d'en acheter une douzaine pour le reste du personnel. Ce qui était étrange, parce qu'on était que trois aujourd'hui, tu saisis ?

— Mmm-hmm.

— Comment ça va avec la robe ?

— Je suis presque sûre que les manches me donnent des boutons. Tu peux m'en passer une autre pour que je l'essaie ? »

Krista me remit une robe rouge, mais le tissu avait l'air trop raide.

« Donc, je vais chercher les donuts, et une heure plus tard, elle sort de son bureau le visage rouge et me demande d'aller chercher des donuts.

— Elle t'a redemandé d'en acheter d'autres ? »

J'entendis les boucles d'oreille de Krista tinter alors qu'elle hochait la tête.

« Oui. Bizarre, non ? Alors, je lui ai dit : « Tu sais que je t'en ai déjà apporté une boîte ? », et elle avait l'air complètement perdue. Elle a essuyé le sucre sur son menton avant d'éclater en sanglots. »

Je passai ma tête à travers les rideaux et redonnai la robe à Krista.

« Je déteste celle-ci. Sinon la bleue, là-bas ? Alors, qu'est-ce qui s'est passé ensuite ? Tu es partie sans biscuits ?

— Bien trouvé, mais non. » Krista échangea les robes pour moi, puis disparut dans la cabine voisine pour essayer une robe fourreau noire en satin qu'elle avait trouvée. « Elle a dit que j'inventais des choses pour l'embrouiller, et elle s'est enfermée dans son bureau toute la journée. Tout ce que je sais, c'est qu'à la fin de la journée, la boîte de donuts était vide et que j'en ai mangé qu'un seul. »

Le silence régna pendant quelques instants.

« Tout va bien ? demandai-je.

— Ta-da ! » s'exclama-t-elle.

Krista avait curieusement réussi à sauter dans une robe fourreau et à avoir l'air superbe. Elle se tourna et se retourna devant le miroir devant nos cabines d'essayage.

« Comment peux-tu aussi facilement trouver la bonne robe ? Je suis en train de transpirer à toutes les essayer, et elles ne ressemblent à rien sur moi. Je n'ai toujours pas trouvé celle que je veux.

— Essaie celle-ci », dit-elle en me remettant une nouvelle robe.

Je m'emparai du vêtement et retournai dans la cabine pour l'enfiler sans aucun espoir qu'elle me convienne. Bref, il y avait des limites à la déception que je pouvais tolérer.

« Tu peux m'aider à la fermer ? » demandai-je.

Je sortis de la cabine et Krista resta bouche bée.

« Oh, wow... tu ressembles à Cendrillon, dit-elle.

— Vraiment ? »

En me regardant dans le miroir, je devais admettre qu'elle avait l'air magique. Cette robe bleue reposait sur mes épaules, et son corsage ajusté laissait place à une magnifique jupe évasée qui tombait par terre en faisant des légers plis. Tout ce qu'il me fallait, c'était une paire de longs gants blancs.

« Tu viens de trouver ta robe, dit Krista.

— Je crois que tu as raison », dis-je en me retournant pour contempler la coupe sous tous les angles. « Ta patronne a l'air de traverser une mauvaise passe. Pourquoi ne pas lui parler ? Peut-être qu'elle fait un genre de dépression. La communication, c'est essentiel, après tout. »

Krista eut l'air pensif.

« Oui, peut-être que tu as raison. Bref, Brooks va péter un plomb quand il te verra dans cette robe. Une véritable princesse urbaine des temps modernes, tout comme dans ton livre.

— Mon livre... »

Je m'effondrai dans le fauteuil et me frottai les temps.

« Oh, non. Tu as perdu le pari ?

— Non, j'ai gagné », lui dis-je avant de lui raconter mon dilemme entre Jodi et Brooks. « Je suis vraiment tentée par l'autre offre. Enfin bon, l'avance est presque le double de celle de Brooks. Surtout, elle aime sincèrement mon livre. D'un autre côté, Brooks voulait vraiment que j'en change la fin, et il a fallu faire beaucoup d'efforts pour le convaincre de changer d'avis. En gros, j'ai dû l'amener à tomber amoureux de moi, ce qu'il n'avait pas pensé possible.

— Donc, tu en as deux pour le prix d'un. Pas mal.

— Si ce n'est que Jodi adore mon livre tel qu'il est. Son offre est aussi meilleure financièrement. Mais ma loyauté se trouve du côté de Brooks. Comme il se devrait, non ?

— Ça a l'air compliqué. » Elle se retourna pour que je détache sa robe, et quand elle disparut à nouveau dans la cabine d'essayage, elle me renvoya mes propres paroles. « Pourquoi ne pas parler à Brooks ? Quelqu'un n'a-t-il pas dit que la communication, c'est essentiel, après tout ? »

Je levai les yeux au ciel et ris. C'était toujours une bonne chose de me renvoyer mes propres conseils, me forçant à avoir une conversation qui était sûre d'être embarrassante, au mieux.

* * *

Après avoir laissé Krista, je me dirigeai vers le bureau de Brooks en m'arrêtant pour prendre un café en chemin chez Courtney. Comme c'était l'heure du déjeuner, on n'avait pas le temps de parler, mais je lui envoyai un baiser et emporta mon café.

Puisque j'étais un peu en avance pour mon rendez-vous, je flânai devant l'immeuble de *Prince & Company*, à boire mon café et en regrettant de ne pas avoir apporté de pastilles à la menthe pour me débarrasser de cette haleine de café. Je souris à moi-même devant ma présomption, avant de me rappeler que j'étais ici pour affaires, et non en tant que petite amie de Brooks.

Bien sûr, cela me fit sourire encore plus. Cela faisait longtemps que je ne m'étais pas décrite comme la petite amie de quelqu'un, et même si Brooks et moi n'avions pas encore eu la conversation destinée à confirmer notre relation, il avait admis qu'il était tombé amoureux de moi.

Durant la montée en ascenseur vers le bureau de Brooks, je repensai au message vocal que j'avais reçu de Jodi. Je ne l'avais pas encore rappelée pour lui donner une réponse, parce que je voulais attendre de confirmer et de signer le contrat avec Brooks pour le faire. Même si je savais très bien que j'accepterais le contrat de Brooks, je ne pouvais m'empêcher de me sentir un peu préoccupée par la différence des montants des avances proposés. Avec l'argent que Brooks me donnerait, je pourrais payer la dette de Phillip, mais avec l'offre de Jodi, je pourrais faire non seulement faire ça, mais aussi renflouer mes économies et m'offrir cette paire de chaussures que j'avais toujours voulue.

L'ascenseur s'arrêta tranquillement en émettant un *ding*, et je ne pus m'empêcher de repenser à la fois où j'avais été coincée ici avec Brooks, ce qui semblait être il y a longtemps. Un élan d'agacement s'empara de moi alors que je me rappelais sa façon de scruter mon livre à la loupe. D'accord, c'était un peu fort, mais je n'oublierais jamais ses trois qualificatifs : irréaliste, inimaginable et impubliable.

Quand les portes s'ouvrirent, je lissai ma jupe avant d'entrer dans le hall, mes talons claquant au fur et à mesure de mes pas. Même s'il ne s'agissait que d'une formalité, je voulais m'habiller de manière appropriée, comme je le ferais dans le cas d'une rencontre avec, disons, Jodi. Je me secouai la tête pour me vider l'esprit et oublier l'autre offre. Je m'étais engagée à signer un contrat avec Brooks, et ma loyauté résidait certainement avec lui.

Cette fois, une réceptionniste se trouvait derrière le comptoir. Elle leva les yeux à mon arrivée.

« Puis-je vous aider ? » demanda-t-elle.

Je hochai la tête.

« Oui, je suis ici pour voir Brooks Keller.

— Êtes-vous Michelle Moss ?

— C'est moi. »

Un grand sourire s'afficha sur son visage.

« Je, euh, j'adore votre livre. »

Je clignai des yeux, étonnée.

« Vous l'avez lu ?

— Trois fois », dit-elle, l'air un peu gêné. « C'est le meilleur livre que j'ai lu de toute l'année. Accepteriez-vous de me le signer une fois qu'il sera publié ?

— Bien sûr que oui. Je suis ravie d'entendre que l'histoire vous a plu », lui dis-je en résistant à l'envie de bondir et de crier de joie.

Brooks émergea dans le hall depuis le couloir.

« Michelle, tu es ici. Entre. Julia, peux-tu mettre mes appels en attente et nous apporter du café, s'il te plaît ?

— Bien sûr, M. Keller », répondit-elle, alors que je réalisais qu'elle était la seconde personne à aimer mon livre, tel qu'il était, sans changements.

Je suivis Brooks dans le couloir avant d'entrer dans son bureau. Il me fit signe de m'asseoir devant son bureau, tandis qu'il s'installait en face.

« D'accord, donc... » Il sortit une pile de feuilles de papier d'un dossier sur son bureau, puis mit ses lunettes avant d'examiner la page de couverture. « Voici une copie du contrat entre Prince & Company et toi. Lis-le attentivement. Fais-moi savoir si tu aimerais que ton avocat y jette un coup d'œil. Si tu es satisfaite de tout, alors tu peux signer ici... et ici. »

Je le regardai faire glisser le contrat sur le bureau dans ma direction et cliquer sur le stylo pour l'ouvrir avant de me le remettre. Je pris le stylo en secouant la tête.

« Qui aurait cru que je serais la première auteure sur ta liste ? N'est-ce pas étrange ? Je veux dire, de tous les romans que tu aurais pu choisir, tu as choisi le mien. C'est le destin, je te le dis. »

Il se recula dans son fauteuil en joignant ses mains derrière sa tête.

« Un marché est un marché. Tu sais que j'ai toujours été un homme de parole, Michelle. J'ai dit que je publierais tel quel si tu gagnais, et tu as gagné. Félicitations. »

Je fronçai les sourcils à ses mots alors que je feuilletais les pages, puis je finis par poser le stylo sur le bureau.

« Brooks, tu crois bien en mon livre, pas vrai ? »

Il hocha la tête.

« Bien sûr. Le style est superbe. »

On frappa à la porte, et Julia entra en portant un plateau avec du café et des biscuits qu'elle posa sur le bureau.

Je me mordis la lèvre inférieure.

« Et tu acceptes maintenant le fait que le livre est réaliste ? »

Il hésita.

« Eh bien, pas exactement. Je crois toujours qu'il est tiré par les cheveux, mais de façon adorable, et les lecteurs adorent ce genre de choses, ce qui est une bonne chose. Ce n'est que mon avis personnel, Julia l'a adoré.

— Oui, elle m'a dit », dis-je en regrettant que son enthousiasme ne soit pas à la hauteur de celui de Julia.

« Les lecteurs adorent ce genre de choses, donc c'est très bien.

— Quel genre de choses ?

— Les histoires d'amour fantaisistes, même si c'est irréaliste. »

Je n'en croyais pas mes oreilles.

« Comment peux-tu encore dire qu'il est irréaliste, Brooks ? Ça a marché pour nous. »

Il tendit sa main au-dessus du bureau pour prendre la mienne.

« Un rencard dans un placard à balais aurait marché pour nous, Michelle. On est faits l'un pour l'autre.

— C'est adorable », dis-je parce que je ressentais la même chose.

Mais mon cerveau revint immédiatement sur le sujet de mon livre et le fait que mon potentiel éditeur n'y croyait pas complètement. Ma tête n'arrêtait pas de me dire d'accepter ce qu'il me disait et que cela ne faisait aucune différence. Mais mon cœur était légèrement déçu à l'idée qu'il pensait encore que mon livre ne serait pas perçu comme réaliste de la façon dont je l'avais écrit. Je ramassai le stylo et signai mon nom.

« Tu sais... » lui dis-je en laissant échapper un long souffle alors qu'il allait pour s'emparer du contrat. « J'ai refusé une offre très lucrative pour toi. *Paradise Bound* était très excité à l'idée d'acquérir mon livre et ils l'ont aimé tel qu'il est. »

Il retira sa main, laissant les documents sur le bureau, et me fixa du regard.

« Qu'est-ce qu'il y a ? demandai-je.

— Tu ne m'as pas dit qu'un autre éditeur était intéressé par ton livre. »

Je fis un signe de la main comme pour balayer son commentaire.

« J'ai envoyé quelques demandes la nuit du bal masqué. C'est pour ça que j'ai apporté mon ordinateur avec moi ce soir-là.

— Tu ne me l'as pas dit, dit-il l'air contrarié.

— Quelle importance ? Peux-tu égaler leur avance ? Leur offre fait presque le double, et ça m'a fait de la peine de te demander...

— Je ne peux rien faire d'autre que de proposer l'avance que je t'ai offerte », dit-il en pâlissant alors qu'il se raclait la gorge. « Écoute, Michelle, j'honorerai notre accord en publiant ton livre, mais je crois que tu devrais accepter l'autre offre.

— Pourquoi ? demandai-je.

— C'est plus d'argent, fit-il remarquer.

— Mais je préfèrerais travailler avec toi », dis-je, même si j'aimais le fait que Jodi pensait que mon livre était parfait comme je l'avais écrit. « Et je t'ai donné ma parole.

— Tu fais toujours ça... »

Sa voix diminua et il n'arriva pas tout à fait à me regarder dans les yeux. J'allai pour lui saisir la main, mais il la retira du bureau et la laissa tomber sur ses genoux. Je fronçai les sourcils.

« Je fais quoi ?

— Tu prends des mauvaises décisions à cause de moi. » Il se racla la gorge à nouveau, et son attitude changea complètement. Il avait l'air froid et distant, comme si j'étais désormais assise en face d'un inconnu. « Écoute, je ne crois pas que ce soit une bonne idée de mélanger affaires et plaisir. Je publierai ton livre, mais je ne pense pas qu'on devrait continuer à se voir, sauf pour des raisons professionnelles.

— Je... je ne comprends pas », dis-je en secouant ma tête, qui commençait désormais à tourner. « Pourquoi ne devrait-on pas sortir ensemble ?

— Tu choisis le plus mauvais contrat pour ton livre et tu m'en tiendras pour responsable plus tard quand tu le regretteras, dit-il avec fermeté.

— Non, je prends la décision qui me semble la bonne. »

Je me creusai la cervelle pour essayer de comprendre pourquoi il s'était retiré. On aurait dit qu'il y avait un gouffre entre nous, mais la raison ne pouvait certainement pas concerner quelque chose d'aussi superficiel que l'argent.

« Je ne sais pas ce qui se passe vraiment, mais ne me repousse pas. »

Son expression faiblit pendant un instant, et il sembla hésiter. Mais il fronça alors les sourcils.

« Tu commets une erreur et je ne te laisserais pas faire ça.

— Donc, c'est tout ? Je n'ai pas mon mot à dire ? » demandai-je en le regardant se lever, comme pour faire comprendre que cette réunion était terminée.

« Maintenant que c'est fini entre nous, tu n'as aucune raison de te sentir redevable de *Prince & Company*. Tu devrais accepter l'offre de l'autre maison d'édition. Il semble que ce sera plus judicieux pour ta carrière, Michelle.

— On en revient encore là ? » demandai-je, les larmes aux yeux. « Non, Brooks, je n'accepterai pas leur offre. Je veux que ce soit toi qui publies mon livre. Toi. Mon petit ami. Tu as fait le chemin avec moi depuis le début, et ce n'est que justice que nous...

— Petit ami ? J'ai dit que c'était fini entre nous », dit-il en levant ses mains. « La vraie vie ne ressemble pas à ton conte de fées, d'accord ? Ça craint, c'est injuste et c'est cruel, mais c'est comme ça.

— Mais, tout ce que tu as dit lors de nos rendez-vous... »

Il détourna le regard.

« Ces rendez-vous faisaient partie du pari, Michelle. Tu le savais. Écoute, c'est terminé... toi, moi, le contrat. Va chez Paradise Bound, et accepte la meilleure offre, et tu oublieras très vite *Prince & Company*.

— Et toi ? demandai-je, le cœur serré.

— Et moi aussi », répondit-il d'un ton ferme.

Sur ce, il tint la porte ouverte. Les mains tremblantes, je n'arrivais pas à croire qu'il me refaisait le coup. Après avoir quitté son bureau, je n'étais pas certaine de savoir si le bruit que j'entendis était celui de la porte qui se fermait, ou le son de mon cœur qui se brisait pour la seconde fois. Mais cela faisait mal — tellement mal.

<h1 style="text-align:center">CHAPITRE TREIZE</h1>

Le son d'un sifflet m'accueillit quand j'ouvris la porte de mon appartement pour y entrer. Krista et Missy regardaient un match de football féminin à la télé. Comme d'habitude, Krista vantait les vertus du sport à Missy dans le but de l'amener à s'inscrire dans l'équipe locale. Elle avait tenté de me recruter plusieurs fois en vain.

« C'est beaucoup plus social que d'aller à la salle de sport, Missy. On s'amuse tellement !

— Je vais rarement à la salle de sport. Je fais juste du jogging avec Michelle le matin. Hé, en parlant du loup... »

Missy se mit à rire et se décala sur le canapé pour me faire une place à côté d'elle.

« Allez, tu ne vas pas me dire que le fait de courir d'un point A à un point B est plus amusant que la montée d'adrénaline qu'on ressent en envoyant le ballon dans les filets ? Sérieusement ? Michelle, tu en penses quoi ? Courir est plus barbant que de jouer au foot, pas vrai ? » demanda Krista, dont le sourire s'affaissa quand elle me vit, avant d'échanger un regard avec Missy.

« Oh, non. » Missy passa son bras autour de mon épaule. « Qu'est-ce qui se passe ? Tu as une sale tête. »

Je haussai les épaules en luttant pour réprimer les larmes, avant de leur dire que Brooks venait de me larguer.

« Est-ce que c'est l'heure de sortir le vin ? » demanda Krista en se levant. « Je crois qu'on aurait bien besoin d'un verre. Vous en pensez quoi ? Ou des muffins ? »

Krista se tournait toujours vers le vin et la nourriture dans les situations difficiles. Ce n'était pas une mauvaise idée. Je ne serais pas tout à fait contre un muffin aux pépites de chocolat maintenant.

« Problèmes de mec. J'aurais dû le savoir », dit Missy en m'attirant plus près d'elle. « Ils sont la racine de tous nos problèmes. Ils sont tellement nombreux à ne pas mériter notre confiance. Honnêtement, parfois je pense que les femmes devraient juste adopter un chien comme l'a fait Abigail. Son chiot, Banane, est loyal, fidèle et elle n'a pas s'inquiéter qu'il laisse la lunette des toilettes relevée.

— Non, mais il faut nettoyer après eux. Même si je suppose que c'est la même chose avec les hommes », marmonnai-je d'un air sombre.

Krista revint avec une assiette de biscuits et m'en proposa.

« Oh, allez. Tous les hommes ne sont pas comme ça. Prenez Abigail, par exemple. Son petit ami, Cooper, est un type super adorable. Il la dorlote, il la soutient, et elle n'a pas eu d'amende pour excès de vitesse depuis qu'elle l'a rencontré, puisqu'il est flic. Que des bonnes choses.

— Brooks est un éditeur qui déteste mon livre.

— Il n'a jamais dit qu'il le détestait, fit remarquer Krista.

— Laisse le temps faire son travail, ma puce. C'est ce que j'ai fait pour me remettre de la trahison de mon ex-fiancé infidèle. Et je suis heureuse maintenant », dit Missy qui mordit dans son biscuit de façon très effrayante.

Je souris faiblement.

« C'est censé me faire sentir mieux ?

— Ne sois pas aussi cynique, Missy. Michelle a besoin qu'on lui remonte le moral, pas qu'on lui dise que c'est une cause perdue.

— Hé, tout ce que je dis, c'est de regarder mon fiancé. Il avait tout ça... » Elle fit un geste pour se désigner elle-même en faisant un sourire. « Et il m'a quand même trompée.

— Brooks n'a pas été infidèle », dit Krista.

J'essuyai une larme.

« C'est juste que je croyais que Brooks était le bon, vous voyez ? »

Je dis aux filles que j'avais besoin de rester un peu seule, avant d'aller m'effondrer dans mon lit et de m'envelopper dans ma couette. Si je ne pouvais pas vivre une fin de conte de fées dans la vraie vie, alors je pouvais en lire une dans mon manuscrit à la place. Mais je n'étais en aucun cas capable de travailler sur mon second livre en ce moment. J'étais beaucoup trop triste à l'idée d'avoir perdu Brooks à nouveau. Tout ce que j'écrirais maintenant ressemblerait probablement à une tragédie shakespearienne. Mon téléphone sonna, ce qui me fit sursauter. Cela devait être Brooks qui m'appelait pour me dire qu'il avait fait une terrible erreur.

J'attrapai mon téléphone sans regarder le nom de l'appelant et le portai à mon oreille.

« Allô ?

— Michelle ? »

Mon cœur qui battait à toute allure se calma immédiatement.

« Salut, Phillip.

— Hé, comment vas-tu ? »

Il avait l'air beaucoup trop enjoué pour un homme qui était sur le point de se faire expulser, ce qui ne pouvait vouloir dire qu'une seule chose : il voulait quelque chose.

« Quoi de neuf ? » demandai-je.

Le silence était retentissant à l'autre bout de la ligne. J'en étais sûre !

« Phillip, si tu appelles à propos de l'argent, je t'ai dit que je l'obtiendrais à temps, mais tu vas devoir attendre... je ne l'ai pas encore », dis-je sachant que je n'étais pas d'humeur à parler de ce sujet.

Après une autre minute de silence, il répondit :

« Ah, l'argent. Eh bien, le truc, c'est que... »

J'eus un peu de baume au cœur. Peut-être que Phillip avait trouvé un moyen d'être responsable pour une fois en réussissant à obtenir lui-même l'argent pour son loyer.

« Le truc, c'est que... ? » répétai-je.

Il se racla la gorge, signe évident qu'il essayait de gagner du temps.

« Eh bien, le truc, c'est qu'il m'en faut un petit peu plus. »

Je fronçai les sourcils.

« Combien ?

— Pas beaucoup. Rien de déraisonnable.

— Phillip, ce qui est déraisonnable, c'est de te donner de l'argent. Tu es un adulte », dis-je remarquer.

Il poussa un soupir bruyant.

« Tu sais que tu es ma sœur préférée, pas vrai ? Tu es la seule personne au monde sur laquelle je peux compter. »

J'éloignai le téléphone de mon oreille et le fixa avec un regard noir. Était-il sérieux ?

« Je suis ta seule et unique sœur, Phillip, et si tu ne me dis pas combien d'argent il te faut, je risque de disparaître. Je ne suis pas d'humeur à jouer.

— Eh bien, c'est que... j'ai besoin de mille dollars de plus.

— Mille dollars de plus ? Tu es fou ? Phillip, je vais y aller maintenant avant que je ne dise quelque chose que je vais regretter. J'ai mes propres problèmes, et franchement, je n'ai pas l'état d'esprit requis pour m'occuper des tiens. »

Je pouvais presque le voir bouche bée au moment de raccrocher.

* * *

Je lus jusque tard dans la nuit et me réveillai avec une page de mon manuscrit collée à ma joue. Missy m'avait laissé un petit mot sur la table me disant de l'appeler si j'avais besoin de parler, que Brooks était évidemment un idiot et que j'étais mieux sans lui.

Je souris en appréciant le soutien de Missy, même si Brooks était l'une des personnes les plus intelligentes que je connaissais, ce qui était l'une des raisons pour lesquelles ses remarques à propos de mon roman étaient tellement blessantes. Je me rendis à la salle de bains pour prendre une douche. Au lieu de rester assise dans l'appartement à me morfondre seule, je décidai d'aller me promener pour me vider la tête, et me retrouvai à suivre l'odeur délicieuse du café fraîchement moulu.

« Salut Michelle, comment ça va ? demanda Courtney.

— Ça pourrait aller mieux », répondis-je, ce qui était un euphémisme.

Non seulement j'avais perdu l'amour de ma vie et un contrat avec *Prince & Company*, mais ma conversation avec Phillip au téléphone s'était déroulée de la même façon que d'habitude. C'était encore pire que le train-train quotidien.

« Je pourrais avoir ma commande habituelle, s'il te plaît ? »

Elle jeta un œil dans ma direction par-dessus la machine à café.

« Qu'est-ce qui s'est passé ?

— Je vais bien, merci », dis-je en mentant pour ne pas gâcher sa matinée. « Comment vas-tu aujourd'hui ? »

Son T-shirt bleu vif affichait un gros soleil à paillettes dorées.

« Je vais super bien. C'est une magnifique journée, le soleil brille et la vie est belle. »

Je secouai la tête.

« Si tu le dis. »

Elle ajouta de la mousse de lait à mon café, avant de mettre le couvercle et de poser le gobelet devant moi. Elle agita sa main lorsque j'allai pour payer.

« C'est offert par la maison. On dirait que tu en as bien besoin. »

Je souris, ce qui me demanda tous mes efforts.

« Merci, Courtney.

— Voilà qui est mieux ! » Courtney détestait voir les gens déprimés, surtout ses amis. « Ça suffit, les banalités polies. Qu'est-ce qu'il y a, Michelle ? »

Je poussai un soupir.

« Par où je commence ? »

Elle se pencha en avant en posant ses coudes sur le petit comptoir.

« Eh bien, pourquoi pas par le problème le plus récent, et en remontant dans le temps ? »

Je pris une gorgée de café chaud et fermai les yeux pendant un instant.

« D'accord, le problème le plus récent, c'est Phillip... »

Elle leva les yeux au ciel, mais ne dit rien.

« Je t'ai dit que je devais trouver neuf-mille dollars pour payer son arriéré de loyer, pas vrai ? Eh bien, il m'a appelé hier soir pour me dire qu'il avait besoin de mille dollars de plus. Je ne sais pas quoi faire.

— Pourquoi est-ce ton problème ? » Courtney enveloppa une part de brownie dans une serviette et me la remit. Elle aussi se tournait vers la nourriture pour réconforter les gens. « La vie est courte... beaucoup trop courte pour tirer d'affaires un adulte qui ne sait pas ce que c'est que d'être responsable. Mais le vrai problème, c'est... ? »

Je clignai des yeux et regardai derrière moi puisqu'elle avait toujours le regard fixe.

« Le vrai problème ? Comment ça ? »

Elle agita son index en l'air avant de le pointer fermement dans ma direction.

« Le problème, c'est toi, ma chère. Désolée, et je le pense de la manière la plus bienveillante qui soit. »

Je levai mes sourcils.

« Qu'est-ce que j'ai fait, à part le tirer d'affaires encore et toujours ?

— Tu l'aimes, je comprends. Mais tu lui permets de dépenser excessivement son argent. Arrête de l'aider. Arrête de payer ses dettes. Et arrête de le laisser te marcher sur les pieds. Quand son compte en banque sera vide, il sera obligé d'arrêter de dépenser son argent, surtout si sa bonne vieille sœur n'est pas là pour payer les pots cassés.

— Arrêter de l'aider ? » demandai-je en envisageant le résultat de cette action, tout en prenant un morceau de brownie, puis un autre.

Les pâtisseries de Courtney provenaient de la boulangerie de Bernie du quartier est de Sacramento et étaient vraiment délicieuses.

« J'ai cosigné le bail de cet appartement. Je suis responsable du loyer s'il ne le paye pas. »

Elle se pencha vers moi.

« Oui, mais en le menaçant de ne pas payer à sa place, il pourrait se bouger. Dis-lui que tu vas demander conseil à un avocat pour retirer ton nom du bail, ou que tu vas déménager à l'étranger... n'importe quoi pour l'obliger à réagir.

— Peut-être que je pourrais déménager à l'étranger », dis-je en réfléchissant à l'endroit où je pourrais aller. « Je pourrais me cacher aux Maldives pendant un temps. Apparemment, c'est sympa là-bas.

— Il faut que tu le confrontes, Michelle. Dis-lui exactement ce que tu as en tête. Sans filtre. »

Je me mordis la lèvre inférieure. Elle avait raison en disant que

Phillip devait s'occuper de ses propres problèmes. Le fait de ne pas avoir de responsabilité supplémentaire serait un énorme poids en moins sur mes épaules.

Je hochai la tête.

« Tu as raison, comme toujours. »

Elle plissa les yeux et me dévisagea.

« Mais ce n'est pas la seule chose qui te dérange, n'est-ce pas ? »

Je secouai la tête.

« Il y aussi cette histoire de livre, et…

— Tu n'as pas besoin d'en dire plus. » Courtney ramassa un torchon et commença à essuyer sa machine à espresso déjà impeccable. « J'ai vu Brooks ce matin. »

Je fis une grimace.

« Oh ?

— Oui, je ne l'ai jamais vu aussi contrarié. Qu'est-ce qui se passe ? »

Je racontai à Courtney comment il avait accepté de publier mon livre, mais qu'il m'avait ensuite coupé l'herbe sous le pied en disant que je devrais accepter l'autre offre.

« Je ne comprends pas, Courtney. Qu'est-ce qui s'est passé ? »

Elle s'arrêta de nettoyer.

« La vie est courte, Michelle. Beaucoup trop courte pour se promener avec un visage triste. Parle à Brooks, confronte-le et dis-lui exactement ce que tu penses.

— J'ai déjà essayé de le faire, et il m'a repoussée. » J'eus un petit rire sombre. « Le confronter une seconde fois sera beaucoup plus facile à dire qu'à faire.

— Ne réfléchis pas, fais-le simplement.

— Je vais y penser », répondis-je en m'écartant à l'approche d'un autre client.

CHAPITRE QUATORZE

Après avoir fait du lèche-vitrines (en espérant tomber sur Brooks), je décidai de suivre le conseil de Courtney et de me rendre chez Phillip. Heureusement, l'appartement était beaucoup plus calme que la dernière fois où j'étais venue. À vrai dire, je me demandai d'ailleurs si Phillip était à la maison, mais après avoir sonné pour la troisième fois, une voix se fit entendre dans l'interphone.

« Oui ? » répondit une voix aigue.

Je reculai en regardant le bouton sur lequel j'avais appuyé, pensant que j'avais dû me tromper. Je le pressai à nouveau le même.

« Oui ? » répéta la voix aigue.

Je me penchai vers l'interphone.

« Phillip ?

— Oh, Michelle. C'est toi », dit-il en reprenant un ton normal.

La porte s'ouvrit et j'entrai dans l'immeuble.

« Frangine, c'est si bon de te voir !

— Je regrette de ne pas pouvoir dire la même chose », répondis-je quand il me tira à l'intérieur, avant de regarder à droite et à gauche dans le couloir, puis de fermer la porte.

Je plaçai mes mains sur mes hanches.

« Est-ce que tu viens de répondre à l'interphone avec une voix de femme ? »

Il eut la décence de paraître gêné.

« Euh, en quelque sorte. »

J'écarquillai les yeux.

« Mais pourquoi ? »

Il fit une grimace.

« Eh bien, quelques personnes en ont après moi à cause de l'argent que je leur dois. Je prétends être une vieille dame pour qu'ils s'en aillent, et ça a marché deux fois. » Il sourit et haussa les épaules. « Mais c'est une voix réussie, non ? Je t'ai bien eue aussi.

— C'est plus que ridicule », dis-je en croisant les bras. « Phillip, il faut qu'on parle. »

Son expression s'affaissa, et il se laissa tomber sur le canapé en poussant un soupir.

« Oh-oh. Ça a l'air sérieux. »

Je restai debout.

« C'est sérieux, Phillip. Tu n'as aucune idée du pétrin dans lequel tu es, et tu m'y entraînes avec toi. Ce n'est pas le Titanic, Phillip. Je ne fais pas partie de l'orchestre. Je vais m'en sortir, tant que je peux encore le faire. »

Je n'avais pas l'intention de laisser échapper mes pensées, mais je ne pouvais pas m'en empêcher. Phillip était assis avec sa tête dans ses mains, et je me laissai tomber à côté de lui.

« Écoute, Phillip, tu es mon frère...

— Demi-frère », dit-il misérablement.

Je passai ma main autour de son épaule.

« Tu es mon frère, et je serai toujours là pour toi, mais je ne peux plus t'aider financièrement. Il faut que tu commences à te débrouiller seul. Ce n'est pas juste que je sois obligée d'utiliser l'avance sur le contrat de mon livre pour payer ton loyer, pendant que tu gaspilles encore plus d'argent dans des boutiques dans lesquels je ne peux même pas me permettre de faire du shopping. »

Il leva la tête subitement.

« Euh, quoi ? »

Je hochai la tête.

« Je t'ai vu à *Taylor & Sons* l'autre jour. Tu achetais la moitié du magasin. »

Phillip eut l'air mortifié.

« Pourquoi n'as-tu rien dit ?

— J'avais un rendez-vous avec quelqu'un, Phillip. Je ne peux pas continuer à détourner ma vie pour toi et tes actions irresponsables. Ça doit s'arrêter, une bonne fois pour toutes.

— Tu ne m'as jamais parlé comme ça avant », dit-il avec sa lèvre inférieure tremblante.

Aussi étonnant soit-il, il commença à pleurer en appuyant ses paumes sur son visage.

« Je ne peux pas m'en empêcher, Michelle. Je ne suis pas talentueux comme toi. J'ai besoin de quelque chose pour me sentir mieux.

— Le shopping t'aide à te sentir mieux ? demandai-je.

— Oui, d'une certaine manière. J'ai l'impression d'être plus accompli avec des belles choses.

— Phillip, tu n'as pas de boulot. Comment crois-tu réussir financièrement ?

— Exactement », dit-il en reniflant et en essuyant ses joues. « Il y a tant de choses qui me manquent dans la vie, et je ne sais pas comment y remédier. Je ne suis pas fort comme toi...

— Tu peux le devenir, une bonne décision à la fois.

— Qu'est-ce que ça veut dire ? » demanda-t-il en me regardant. « Tu es créative et tout marche pour toi. Tu fréquentes même quelqu'un. Je suis tout seul et je veux changer les choses. Il faut que je change les choses, mais je ne sais pas comment. Tu ne m'abandonneras pas toi non plus, si ? »

Mes yeux larmoyèrent.

« Je ne t'abandonnerai jamais, Phillip. Je serai toujours présente. »

Il s'effondra dans mes bras, son front sur mon épaule, en sanglots.

« Tout le monde m'abandonne.

— Ce n'est pas vrai. Je suis ici. Maman est ici.

— Elle a rompu le contact avec moi.

— Seulement financièrement. Tu es un adulte parfaitement capable d'obtenir un emploi et de gagner sa vie. Elle ne peut pas te soutenir comme ça pour toujours. »

Il leva la tête.

« Tu veux bien m'aider ?

— Bien sûr que oui, frangin », répondis-je en le regardant dans les yeux.

C'était la première fois que Phillip m'avait montré ce côté vulnérable. Bien que cela faisait mal de le voir triste, il s'agissait également d'une avancée capitale. Je gardai mon bras autour de ses épaules et l'attira plus près de moi.

« Mais tu devras t'en tenir au plan, d'accord ?

— Je vais essayer. »

Il s'essuya le nez sur sa manche — dégoûtant — et hocha la tête. Il avait la même expression que lorsqu'il avait douze ans, et mon cœur se mit à fondre.

« Non, c'est comme M. Miyagi l'a dit dans *Karaté Kid*. On le fait bien, ou on le fait pas du tout, sinon tu es écrasé comme une grenouille. »

Il leva ses yeux au ciel.

« Comme un crapaud.

— Si tu veux », dis-je souriant presque. « C'était ton film préféré, pas le mien. Alors, qu'est-ce que tu en dis ? On établit un plan et tu le suis. Oui ? »

Il fit un signe de croix sur son cœur.

« Promis. Alors, quel est le plan ? »

Je réfléchis pendant un moment.

« D'abord, on te trouve un emploi. Tu as une tablette quelque part où on peut aller sur Internet ? »

Il hocha la tête, et se rendit sur un moteur de recherche. Je lui pris la tablette et ouvrit une page d'offres d'emploi locales.

« D'accord, phase un. On examine les petites annonces d'emploi, on en trouve un pour lequel tu es qualifié et on envoie une candidature. Tu n'es pas obligé d'aimer le poste, mais tu devras le garder jusqu'à ce que tu trouves autre chose. D'accord ? »

Il me sourit pour la première fois.

« D'accord.

— Tu vois ? Tu viens de prendre ta première bonne décision. Tu es sur la bonne voie.

— Michelle ?

— Oui, Phillip.

— Je t'aime. »

Mon cœur se réchauffa.

« Moi aussi, je t'aime. »

* * *

Après avoir quitté l'appartement de mon frère, je décidai de me promener dans le centre-ville. Parler à Phillip du jour où je l'avais vu dans la boutique avait fait remonter à la surface des souvenirs doux-amers des heures que Brooks et moi avions passées dans la librairie. Des souvenirs amers parce que Brooks n'était plus dans ma vie, et doux parce que cela avait l'un des rendez-vous les plus parfaits de toute ma vie.

J'avais envie de lui parler, mais je ne savais pas tout à fait quoi lui dire. J'étais également épuisée à cause de la confrontation avec Phillip, même si, pour une fois, cela s'était transformé en une expérience positive. Ainsi, j'allai trouver du réconfort de la meilleure façon que je connaissais, dans les livres.

En entrant dans la Librairie Cachée d'Hilda, la gérante m'accueillit avec un sourire lorsque la petite cloche tinta au-dessus de la porte. Elle regarda derrière moi comme si elle attendait de voir quelqu'un d'autre.

« Bonjour ! dit-elle avec enthousiasme.

— Bonjour, Hilda. »

Je souris avec le cœur lourd en me dirigeant vers le fond de la boutique, là où Brooks et moi nous étions assis pour lire ensemble. Je fis courir mon doigt distraitement sur le dos des livres, mais évidemment, *Les Quatre Filles du docteur March* n'était pas sur l'étagère, parce que Brooks me l'avait acheté. Je sortis *Le Rêve de Jo March*, la suite de mon livre préféré.

Le radiateur était éteint, mais je m'assis dans le même fauteuil qu'avant, et bien que j'essaie de lire, mon esprit refusait de rester sur les mots. Je n'arrêtais pas de repenser au jour de la réunion dans le bureau de Brooks.

« *Un marché est un marché. Tu sais que j'ai toujours été un homme de parole, Michelle. J'ai dit que je publierais tel quel si tu gagnais, et tu as gagné. Félicitations.* »

Au moment où il avait prononcé ces paroles, je savais que les choses allaient se détériorer rapidement. L'idée du défi avait été qu'il ouvre son esprit au livre, et non pas qu'il accepte à contre-cœur de le publier sans y apporter de changements parce que j'avais gagné un pari idiot.

« *Je crois toujours qu'il est tiré par les cheveux, mais de façon adorable, et les lecteurs adorent ce genre de choses, ce qui est une bonne chose.* »

J'arrivais à sentir mon visage s'échauffer en me rappelant son sourire. Comment pouvait-il dire que mon idée d'une histoire d'amour était tirée par les cheveux, quand on avait littéralement vécu les pages et fini par tomber amoureux ? Ou du moins, c'était ce que j'avais pensé. Si Brooks était réellement tombé amoureux de moi, il aurait été juste derrière moi, à m'encourager comme un partenaire, et non pas à me critiquer comme un éditeur.

« Un rencard dans un placard à balais aurait marché pour nous, Michelle. On est faits l'un pour l'autre. »

« Apparemment, non », marmonnai-je alors que je refermais brusquement le livre, en renonçant à lire.

Après tout, si Brooks et moi étions faits l'un pour l'autre, on serait ensemble en ce moment. Je ne parvenais pas à comprendre la façon dont il avait changé en une fraction de seconde.

« Hé, si tu ne veux pas du livre, remets-le simplement sur l'étagère. Pas la peine de le maltraiter ! » dit une voix d'homme familière.

Je sursautai, puis me retournai.

« Brooks... Qu'est-ce que tu fais ici ? »

Sa présence semblait remplir toute la pièce.

« Tu me vois dans une librairie et tu es étonnée ? »

Je haussai les épaules.

« Bien vu. Mais... c'est notre librairie. »

Il leva un sourcil.

« Notre librairie ? »

Je rougis.

« Je veux dire, il y a des librairies plus proches de chez toi, c'est tout. »

Il se percha sur l'un des bras des fauteuils et sourit, en remontant ses lunettes sur son nez et en passant sa main dans ses cheveux.

« Mais j'aime bien celle-ci. »

Je hochai la tête.

« Alors, comment...

— J'ai vu Courtney... »

On parla tous les deux en même temps, ce qui me fit

commencer à rire. Puis, je me rappelai qu'il n'y avait pas de quoi sourire en ce moment.

« Je suis désolé, toi d'abord », dit-il.

Je souris malgré moi.

« J'allais juste demander comment se passait le boulot. »

Il hocha la tête.

« Bien... bien. J'ai vu Courtney ce matin.

— Moi aussi. Elle m'a donné un délicieux brownie », dis-je, avant de regarder au plafond. « C'est nul. On se parle comme si on était des inconnus, et non pas des gens qui se connaissent depuis des années. »

Il se leva pour s'asseoir dans le fauteuil.

« Pour ta gouverne, tu ne seras jamais une inconnue pour moi, Michelle. »

Je pris une profonde inspiration.

« Brooks, j'ai décidé d'accepter l'offre de Jodi. J'ai une réunion avec elle en vue d'examiner le contrat, mais pour faire court, elle est prête à publier le livre tel quel. »

Brooks arbora le plus grand sourire que j'avais jamais vu.

« C'est une nouvelle fantastique, Michelle. »

Je ne savais pas vraiment à quelle réaction m'attendre, mais ce n'était sûrement pas l'enthousiasme.

« Félicitations. » Il regarda sa montre, puis se leva. « Écoute, il faut que j'y aille, mais... Je suis vraiment heureux pour toi. »

En le regardant s'éloigner, je ne pus m'empêcher de me sentir blessée en voyant qu'il ne semblait même pas légèrement déçu à l'idée qu'on ne travaillerait pas ensemble. Peut-être qu'il passait déjà à autre chose, ce qui voulait dire que je devrais faire la même chose. Si seulement mon cœur voulait bien coopérer.

CHAPITRE QUINZE

J'arrivai sur le terrain de football le visage maquillé et les cheveux impeccables, espérant que cela me donnerait une meilleure mine comparée à l'humeur dans laquelle j'étais.

Missy me jeta un coup d'œil rapide et siffla.

« Tu me donnes l'impression d'être quelconque, Michelle. »

Je lui fis un petit sourire.

« Eh bien, on ne sait jamais sur qui on peut tomber à un match de foot amical. »

Elle plissa les yeux.

« Toujours pas de nouvelles de Brooks, hein ?

— Non », dis-je en secouant la tête.

Elle se retourna et s'empara d'un plateau de gobelets remplis de jus d'orange.

« Maintenant que tu es ici, tu peux m'aider à donner des verres aux joueuses à la mi-temps. »

Elle montra d'un signe de tête les joueuses sur le terrain, notamment Krista qui quitterait la pelouse dans quelques minutes pour la pause.

« Pourquoi est-ce que tu distribues du jus d'orange ? » demandai-je.

Elle haussa les épaules.

« Apparemment, Krista s'est engagée à apporter les boissons aujourd'hui, mais elle a oublié. Je lui en devais une, ou plutôt trente, et j'ai donc proposé de passer au magasin. Et voilà ! »

Je souris.

« Contente d'aider.

— Tu es une bonne amie... »

Missy se baissa pour éviter un ballon qui venait de passer au-dessus de sa tête, mais elle réussit à tenir le plateau de boissons droit.

« Impressionnant », dis-je en essayant d'être plus enjouée pour mon amie, surtout en cette journée ensoleillée au parc.

Malheureusement, je me sentais particulièrement déprimée.

« Au moins, Krista est en train de jouer. Il semble que je ne fais que rester assise sur la ligne de touche à regarder le match. »

L'une des remplaçantes se retourna pour me faire face.

« Tu n'es pas obligée de ne faire que regarder. On est toujours à la recherche de joueuses pour rejoindre l'équipe. C'est un bon exercice.

— Oh, merci... » Je fronçai le nez en faisant une grimace. « C'était une métaphore sur le fait d'être sur la touche. Tu sais, le banc de touche de la vie et de l'amour. »

Elle écarquilla les yeux et hocha la tête.

« Oh, je comprends.

— J'imagine que tu n'as pas de solution à ces problèmes ?

— Désolée », répondit-elle en souriant. « J'ai mes propres défis à relever dans ces domaines. »

Missy se pencha plus près de moi.

« Ne devrait-on pas faire de l'exercice en ce moment ? Tu te sentirais mieux. »

Je poussai un soupir.

« Pour être honnête, tout ce que j'ai envie de faire, c'est de me goinfrer de glace et de donuts, alors faire du sport n'est pas ma priorité.

— Ça passera, Michelle. »

Puisque Brooks avait été l'amour de ma vie depuis dix ans, je doutais que cela passerait, mais je décidai de changer de sujet.

« Tout n'est pas noir, à vrai dire. J'ai signé le contrat pour mon livre, *Il était une rencontre*. Elle adore le titre et dit qu'elle le garde tel quel. »

Le visage de Missy s'illumina.

« Et pourquoi tu ne m'annonces cette nouvelle géniale que maintenant, alors que je tiens un plateau sans pouvoir te prendre dans mes bras ? C'est formidable, Mme. L'Auteure ! Tu as fini par publier ton livre avec une autre maison d'édition que *Prince & Company* ? »

Bon, on changera de sujet une autre fois.

« Non, j'ai choisi l'autre éditeur, *Paradise Bound*. Ils ont proposé une avance plus importante et de meilleures conditions. Je suis satisfaite du contrat. C'est juste que... »

Je me tus, sans savoir comment terminer ma phrase.

« C'est juste que ce n'est pas avec Brooks ? Eh bien, tant mieux, pas vrai ? »

J'adorais le fait que Missy était toujours de mon côté.

« Quand lui et moi sommes sortis ensemble lorsqu'on était jeunes, j'aurais changé d'école juste pour être avec lui. Pour moi, l'amour vient avant tout. Et j'ai ressenti la même chose avec le contrat. Je lui ai donné ma parole, et je l'aurais honorée, même si l'accord n'était pas aussi bon.

— Ça n'a pas l'air d'une bonne décision du point de vue business. » Missy porta le plateau de boissons avec une main au coup de sifflet, et réussit à passer son bras libre autour de mon épaule. « Mais du point de vue moral, c'est une bonne décision de tenir sa parole. Je sais que tu es une personne loyale. Et Brooks n'est qu'un... hé, attention ! »

Elle fit tout pour maintenir le plateau en équilibre alors que les joueuses se pressaient atour d'elle pour s'emparer des gobelets, en sueur après leur match sur le terrain.

« Merci d'être allée chercher du jus d'orange, Missy. » Krista sourit en prenant un verre.

Puis on distribua le reste des gobelets aux joueuses qui n'en avaient pas encore eu.

« Alors », dis-je à Missy qui posa le plateau vide. « Allais-tu dire que Brooks était un petit ami du passé ? » demandai-je en regrettant de ne pas pouvoir effectivement le laisser dans le passé.

« En fait, j'allais dire que c'était un briseur de cœurs », dit-elle, ce qui ne me consola pas.

« Effectivement », répondis-je en serrant Missy dans mes bras cette fois.

« Je suis vraiment contente pour ton contrat d'auteur. Félicitations, dit-elle.

— Merci », répondis-je en la prenant à nouveau dans mes bras alors que le match reprenait. « J'apprécie tout ton soutien, surtout pour m'avoir permise de vivre dans ton appartement gratuitement. Enfin, je peux commencer à te payer un loyer.

— Oh, je t'en prie. C'est moi qui serais prête à te payer pour que tu habites avec moi. C'est un plaisir de t'avoir comme colocataire. Mais je suis ravie de savoir que tu as reçu une plus grosse avance, même si tu aurais préféré t'en tenir à ton accord avec Brooks.

— J'ai toujours fait passer Brooks avant, dis-je tristement. Non pas que cela m'ait rendu beaucoup service.

— Eh bien, c'est une chose que vous avez en commun tous les deux », dit-elle le visage illuminé. « Brooks fait également passer Brooks avant toute chose, à chaque fois. »

Je ris à sa plaisanterie, même si les larmes menaçaient de couler.

« Écoute, le truc, c'est qu'il te faut quelqu'un... non, tu *mérites* quelqu'un qui donnera la priorité à toi et votre relation », dit-elle en faisant un geste de la main, sur laquelle son diamant étincelait au soleil. « Brooks n'a jamais fait ça pour toi. Pas à l'époque, et pas maintenant.

— J'imagine que c'est vrai. » Je ramassai un gobelet de jus d'orange et le sirotai, regrettant qu'il ne s'agît pas de café. « Je ne sais pas si Brooks sera jamais prêt pour ce genre de relation sérieuse. Peut-être que je me faisais des illusions cette fois. »

Missy fit un signe de tête pour montrer un banc en bois un peu plus loin du terrain, et je la suivis en allant m'asseoir à côté d'elle.

« Qu'est-ce que tu veux dire ? demanda-t-elle.

— Je ne pense pas que la vraie raison pour laquelle Brooks m'a repoussée est de faire en sorte que j'obtienne une avance plus importante avec *Paradise Bound*. J'ai l'impression que ce n'est qu'une excuse », dis-je en soupirant. « Son père est mort quand il était jeune. C'était juste Brooks et sa mère, jusqu'à ce qu'elle rencontre un autre type et parte avec lui, laissant Brooks derrière elle pour qu'il grandisse avec ses grands-parents. Je crois qu'il a du mal à accorder sa confiance. Je ne sais pas s'il s'en remettra. Même si je l'espère.

— Es-tu prête à attendre si jamais cela arrive ? » demanda Missy en levant ses yeux au ciel. « Écoute, Michelle, tu es belle, intelligente et drôle, et tu trouveras ton Prince Charmant quand le moment sera venu. J'ai tout trouvé avec Nick, l'amour, la confiance et l'engagement. Tu le trouveras aussi. Une relation authentique, celle que tu as toujours voulue.

— Je suis sûre que tu as raison », dis-je sans vraiment y croire, parce que tout ce que je voulais, c'était Brooks.

Il était celui que j'avais toujours voulu. Mais Missy avait raison sur un point. Mon véritable Prince Charmant me ferait aussi passer avant. C'est ce que je méritais.

Je me levai au coup de sifflet qui marqua la fin du match.

« Je dois y aller, mais je vous retrouve toi et Krista à la soirée de la mode ce soir, d'accord ? Et vous feriez mieux de danser avec moi puisque je n'ai pas de cavalier... promis ? »

Missy posa sa main sur le cœur.

« Promis juré. »

* * *

Je m'étais réjouie à l'idée d'assister à la fête de Missy, mais c'était quand Brooks allait m'accompagner. Maintenant, j'y allais seule. Je me préparai avec le cœur lourd. Ma robe de princesse était suspendue à la porte de mon placard, et au lieu de me sentir excitée à l'idée de m'habiller comme une véritable Cendrillon, tout ce que j'éprouvais, c'était de la déception parce le Prince Charmant (alias Brooks) ne serait pas là avec moi.

J'enfilai la robe par-dessus ma tête et pris une profonde inspiration (mais pas trop profonde, à cause du corsage très ajusté). J'observai mon reflet dans le miroir. C'était certainement une robe magnifique. La délicate nuance de bleu faisait parfaitement ressortir mes yeux.

Il manquait juste quelque chose, qui commençait avec la lettre B. J'étais en train de réfléchir à encaisser le coup et à appeler Brooks, quand on frappa à la porte de l'appartement. Mon cœur fit un bond, alors que je me demandais s'il avait eu la même idée et s'il se tenait derrière la porte.

« Une minute ! » lâchai-je en retirant la robe, pour éviter que Brooks ne la voie avant que tout soit parfait.

Mon cœur battait la chamade pendant que j'enfilais un peignoir. Je pris une profonde inspiration et ouvris la porte.

« Oh, Phillip... »

J'essayai de cacher la déception dans ma voix en voyant mon frère debout dans le couloir, mais il ne sembla pas s'en apercevoir, vu qu'il me prit dans ses bras avant d'entrer.

Je fermai la porte et restai debout pendant un instant pour

rassembler mes pensées. Si Phillip prévoyait de me demander de payer le loyer pour un autre mois, je dirais non. Point final.

« Je n'ai pas beaucoup de temps, Phillip », lui dis-je en me préparant à ce qu'il avait à dire. « La fête de Missy a lieu ce soir et il faut que je finisse de me préparer. Mais ça va ? »

Il sourit et hocha la tête.

« Tout va super bien, frangine. Devine quoi ? »

Je secouai la tête.

« Je ne sais pas, quoi ?

— J'ai trouvé un emploi ! »

Je restai bouche bée pendant un instant, puis je frappai dans mes mains. C'était effectivement une bonne nouvelle, à moins que...

« Attends, ce n'est pas l'un de ces combines pour s'enrichir rapidement, n'est-ce pas ? »

Il ricana.

« Non, c'est un vrai poste de bureau à temps plein. En bas de l'échelle, mais je suis super content. Je commence lundi. Je vais travailler pour une grande agence de publicité dans le centre-ville. Ils étaient impressionnés par ma connaissance des grandes marques — le seule résultat positif de mon obsession pour le shopping — et ils ont dit que je serais un atout pour l'entreprise. »

Mes yeux se remplirent de larmes, mais des larmes de joie, cette fois.

« Je suis tellement fière de toi. Je savais que tu pouvais le faire. Les choses s'améliorent enfin pour toi. »

Son visage s'éclaira.

« Ce n'est pas tout. J'ai pris les vêtements qui avaient toujours leur étiquette et je les ai rapportés à Taylor & Sons pour me les faire rembourser. J'ai aussi vendu beaucoup de choses, et j'ai réussi à payer l'équivalent d'un mois d'arriéré de loyer, et... »

Il tambourina la table basse.

« ...Je vais pouvoir payer le reste de l'arriéré moi-même grâce au nouveau budget que maman m'a aidé à établir.

— Tu t'es réconcilié avec maman ?

— Oui », répondit-il en s'asseyant sur le bras du canapé. « Tu avais raison. Elle n'avait rompu les liens que financièrement. C'est moi qui l'ai repoussée émotionnellement. Elle m'a accueillie tout de suite et m'a montré comment planifier les paiements avec mon salaire. Mes finances sont tellement organisées maintenant qu'on ne les reconnaîtrait pas.

— C'est génial », dis-je en posant une main sur son avant-bras.

« Pas de shopping pendant un temps, bien sûr, mais c'est ce qui m'a mis dans ce pétrin en premier lieu. De plus, le bonheur que je ressentais après avoir dévalisé les boutiques n'était que passager.

— Je suis ravie que tu le voies maintenant.

— C'est grâce à toi. » Il prit un air sérieux. « Ce que tu m'as dit a vraiment fait mouche.

— Quelle partie ?

— Tu m'as dit que je pouvais devenir fort, une bonne décision à la fois. Tu as cru en moi, mais tu ne m'as pas non plus donné le choix, vu que tu ne me donnais plus d'argent. »

Je serrai son bras.

« C'était seulement dans ton intérêt.

— Je le sais maintenant. Bref, c'est ce que j'ai commencé à faire, suivre tes conseils. Je l'ai fait en prenant une décision à la fois. Et c'est ce que je vais continuer de faire.

— Je suis fière de toi, Phillip », lui dis-je en le serrant fortement dans mes bras.

Il passa ses bras autour de ma taille et se mit à danser autour de la pièce.

« Hé, jolie robe ! »

La robe de princesse était étendue sur mon lit, qu'on pouvait voir à travers la porte ouverte de ma chambre. Lorsque Phillip évoqua la robe, ma tristesse refit surface.

« Merci, mais je ne suis pas vraiment d'humeur à la porter maintenant », dis-je en me mordant la lèvre. « Mais je ne veux pas casser l'ambiance après ta bonne nouvelle.

— Tu as été là pour moi pendant des années. C'est à mon tour d'être là pour toi. »

Je souris.

« Eh bien, d'abord la bonne nouvelle. J'ai vendu mon livre.

— C'est génial ! Alors, pourquoi tu es déprimée ? »

Je lui racontai ce qui s'était passé avec Brooks.

« Je sais que je mérite mieux, mais il me manque.

— C'est quoi son problème, à Brooks ? J'appréciais ce type, mais il doit être fou pour te laisser partir. Tu es sûre que c'est terminé ? Ce n'était pas juste une prise de bec entre amoureux ? Enfin bon, je ne suis pas un expert en matière de cœur, mais vous avez toujours semblé faits l'un pour l'autre. »

Je secouai la tête, reconnaissante d'avoir son soutien et touchée parce qu'il se montrait gentil.

« Je ne crois pas, parce qu'il semblait sûr de lui. Et il savait à quel point ce soir était important pour mon amie et il ne m'a même pas appelée. Maintenant, il faut que j'y aille seule. »

Phillip me prit dans ses bras.

« Eh bien, il faut que tu enfiles cette robe et affiche un sourire, parce que Cendrillon, tu iras au bal !

— Oui, je vais y aller », dis-je en me rappelant comment je m'étais forcée à aller au bal masqué et à quel point les choses avaient bien tourné, pendant un temps, en tout cas.

« Je suis désolé d'avoir été un méchant demi-frère », dit Phillip en inclinant sa tête sur le côté. « Pas moche, cela dit, mais pas le meilleur. »

J'éclatai de rire en l'accompagnant à la porte.

« Eh bien, Phillip, parfois les méchants demi-frères ont besoin d'une seconde chance pour faire ressortir le meilleur en eux.

— Peut-être que c'est la même chose avec les Cendrillon des temps modernes », dit-il en m'embrassant sur la joue, avant de sortir par la porte pour me laisser me préparer pour la grande soirée.

CHAPITRE SEIZE

La boutique haut de gamme de Missy, *Retard à la Mode*, était pleine à craquer à mon arrivée. Je scrutai la foule à la recherche de Krista, ma cavalière pour la soirée. Je l'aperçus avec quelques amis et me dirigeai vers elle, en saisissant une coupe de champagne au passage auprès d'un serveur.

« Hé », dit Krista en me faisant la bise.

Elle recula et m'observa à quelques pas de distance.

« Tu es ravissante. La reine du bal, sans aucun doute.

— Oh, merci », répondis-je, avant de lui retourner le compliment, ce qui était facile parce que Krista avait toujours l'air ravissante.

Puis je saluai le reste du groupe.

Missy était remarquablement calme, main dans la main avec Nick, son Prince Charmant. À côté d'eux se trouvaient Abigail et Cooper, Hannah et Blake, Jennifer et Dylan, Lucy et Jake, qui nous saluèrent tous avec un sourire. J'étais également ravie de voir que mon amie de Blue Moon Bay était venue ce soir, comme promis. Kari Smith m'avait dit qu'elle viendrait en ville pour jeter un coup d'œil sur un bureau à louer, puisqu'elle travaillerait sur une peinture murale qu'on lui avait commandée.

Missy me prit à part.

« Comment vas-tu ?

— Très bien », répondis-je en lui faisant un sourire radieux.

« C'est ça. Pour de vrai ?

— Ça se voit tant que ça ? » dis-je avec un soupir avant de prendre une gorgée de champagne. « Que dire ? J'ai le cœur brisé, Missy. Ça aide d'avoir tant d'amis ici, mais... »

Elle hocha la tête.

« Je comprends, crois-moi. Essaie d'oublier toute cette histoire avec Brooks ce soir, afin de profiter de la soirée. On ne sait jamais, tu pourrais même trouver ton véritable chevalier servant. »

Je souris en appréciant son soutien. Cependant, les choses se détériorèrent quand le DJ passa à la chanson suivante. La magnifique voix de Céline Dion se mit à chanter les paroles de *Beauty and the Beast*. Puis Peabo Bryson se joignit à elle, et ma vision devint floue. Je m'enfuis rapidement aux toilettes avant qu'on ne me voie.

Alors que la chanson romantique sur laquelle Brooks et moi avions dansé au bal masqué résonnait, les souvenirs m'envahirent l'esprit, au point de ne plus pouvoir le supporter. Je savais que Brooks m'aimait. Je le ressentais dans tout ce qu'il disait et faisait. Il était peut-être capable de renoncer à nous facilement, parce qu'il avait souffert auparavant, mais j'avais la force d'être son chevalier blanc à lui. Je sortis mon téléphone de mon sac à main et composai son numéro de téléphone avant de changer d'avis. J'entendis immédiatement le clic.

« Brooks ? C'est moi. Écoute, il faut qu'on parle. C'est juste que...

— Bonjour, vous êtes sur la messagerie de Brooks Keller. Je suis indisponible pour le moment, mais si vous laissez votre nom, votre numéro et un court message, je vous rappellerai dès que possible. »

J'attendis impatiemment que le message de Brooks se termine. Au bip, je pris une profonde inspiration avant de dire :

« Tu ne crois peut-être pas aux contes de fées modernes, Brooks, mais je suis ici pour te dire qu'ils existent. Je suis ici avec mes amis et tu devrais venir les rencontrer. Ils ont vécu leurs fins féériques, et ça n'a pas toujours été facile pour eux. Je ne vais pas te laisser gâcher la nôtre parce que tu as peur. Il faut qu'on se voie et qu'on en parle. Appelle-moi. »

Je raccrochai et glissai mon téléphone dans mon sac à main, l'air plus nerveuse que jamais. Et s'il ne me rappelait pas ? S'il était véritablement mon prince, il le ferait. Il fallait que j'y crois. Sinon... eh bien, je n'étais toujours pas certaine d'être prête à abandonner aussi facilement.

En sortant des toilettes, je remarquai que tout le monde se précipitait vers l'entrée. Pendant un instant, je me demandai s'il n'y avait pas un incendie ou une autre urgence, mais aucune alarme ne retentissait. J'aperçus Frankie, un reporter de l'organe de presse Triple S (signifiant Scène Sociale de Sacramento), qui filait en vitesse.

« Qu'est-ce qui se passe ? lui demandai-je.

— Quelque chose à voir avec un cheval blanc. N'est-ce pas fabuleux ? C'est tout ce que je sais », dit-il en rejoignant la foule qui sortit de la boutique, même si la fête avait à peine commencé.

Perdue, je fronçai les sourcils, mais comme il ne semblait plus y avoir grand-monde dans le magasin, je suivis la foule, chose que j'avais toujours tenté d'éviter de faire, ironiquement.

« Missy, qu'est-ce qui se passe ? » demandai-je en rattrapant Missy et Nick.

« Regarde, Michelle ! »

Avec un grand sourire, Missy pointa son doigt vers un magnifique cheval blanc qui attendait patiemment dans la rue, avec toute une file de voitures derrière lui — certains chauffeurs klaxonnaient et d'autres filmaient la scène avec leurs téléphones portables.

Le cavalier en smoking tourna sa tête en scrutant la foule jusqu'au moment où ses yeux bleus croisèrent les miens. Mon cœur fit un bond, et je sentis mes joues devenir rouges.

« Brooks ! » m'exclamai-je, les yeux écarquillés. « Je… viens de t'appeler. Tu n'as pas répondu. »

Il sourit.

« J'étais un peu occupé. »

Je portai subitement ma main sur ma bouche. C'était une scène de mon livre ! Dedans, le héros a besoin de rejoindre l'héroïne, mais comme il est coincé dans un bouchon, il détache un cheval blanc et traverse le bazar à dos de cheval pour la retrouver. Paradoxalement, il s'agissait aussi de la scène que Brooks avait trouvée la plus irréaliste.

Une voiture de patrouille s'arrêta et un policier approcha Brooks sur le cheval. Mais avant qu'il ne puisse arriver à sa hauteur, le petit ami d'Abigail, Cooper, qui était également policier, appela son collègue pour lui demander d'accorder une minute à Brooks.

Celui-ci dirigea le cheval vers moi et s'arrêta sur le trottoir. Avec une main agrippée aux rênes, il fit un geste ample dans les airs avec l'autre en se raclant la gorge.

« Je suis le prince Brooks Keller, et par ordre royal, il est décrété que je ne retournerai dans mon royaume que lorsque j'aurai la princesse Michelle Moss à mes côtés. J'ai remué ciel et terre à la recherche de ma princesse, et je ne rentrerai pas tant que je ne l'aurai pas trouvée, car il est écrit qu'alors, et seulement alors, je prendrai la place qui me revient de droit sur le trône du Grand Royaume de Keller. »

Le cheval commença à avoir un peu peur au fur et à mesure que tout le monde s'approchait plus près, en regardant tour à tour Brooks et moi, sans tout à fait croire (mais en adorant) ce qu'ils voyaient. Le policier avait été rejoint par un autre collègue, mais aucun d'eux ne fit rien pour arrêter la déclaration de Brooks.

« Ça va faire le buzz sur Internet, j'en suis sûr », cria quelqu'un, ce qui fit rire la foule.

« Brooks, mais qu'est-ce que tu fais ? » demandai-je en murmurant et en criant à la fois.

J'étais mortifiée, mais aussi sincèrement touchée.

« Tu es train de briser les règles et d'enfreindre la loi !

— J'ai besoin d'une seconde chance », dit Brooks en descendant du cheval. « La seule chose qui sera brisée ici ce soit sera mon cœur, si tu ne viens pas avec moi, Princesse Michelle Moss. »

La foule émit un « oooooh » à l'unisson, et je réalisai que même le policier sourit.

« Pour une fois dans ma vie, je fais de l'irréaliste une réalité pour te prouver que je suis capable et prêt à croire aux contes de fées, pourvu que je t'aie avec moi. »

Un silence s'abattit sur la foule, alors que tout le monde se concentrait pour écouter ce que Brooks disait.

« La vérité, c'est que... je t'aime, Michelle. Je t'ai toujours aimée. Je regrette le choix que j'ai fait quand j'étais jeune et stupide. J'aurais dû faire passer notre relation avant toute chose, comme tu l'as fait. J'aurais dû étudier dans une université près de la tienne. Je ne commettrai plus l'erreur de nous séparer à nouveau. Alors... »

Il mit un genou à terre et leva sa main pour révéler un petit écrin en velours rouge. À l'intérieur se trouvait une bague étincelante avec un diamant princesse sur un anneau en platine. Je couvris ma bouche de mes deux mains en réalisant qu'il s'agissait de la réplique exacte de la bague de mon livre.

« Veux-tu me faire l'honneur de m'épouser ? Pour qu'on puisse vivre heureux et avoir beaucoup d'enfants ? »

Un seul cri de joie s'éleva de la foule. Je reconnus la voix de Courtney, qui fut rapidement étouffée par d'autres hourras, alors que les autres attendaient en silence que je réponde. Tout le monde se pencha en avant, plus près de nous, comme s'ils ne voulaient pas rater ma réponse.

« Il n'y a rien que j'aimerais plus, Prince Brooks. Oui, j'accepte de t'épouser... » dis-je en sanglotant, pendant qu'il me glissait la bague au doigt avec un sourire. « Tu es le prince de mon conte de fées », lui dis-je.

Les klaxons retentirent pour fêter ça — dans un genre de fanfare des temps modernes — pendant que Brooks me prenait dans ses bras pour me pencher en arrière et m'embrasser en pleine rue, au milieu des cris de joie de la foule. Même avec un prince très réaliste des temps modernes, mon rêve digne d'un conte de fées venait enfin de se réaliser.

Fin

RENCONTRE À DESTINATION

Si vous avez aimé passer du temps
en compagnie de ces personnages,
lisez également l'histoire de Krista dans :

Rencontre à destination
(Série Rencontre renouvelée, Tome 7)

À PROPOS DE L'AUTEUR

SUSAN HATLER est une auteur à succès citée dans le *New York Times* et *USA TODAY* et qui écrit des romances contemporaines émotionnelles et drôles et des nouvelles pour jeunes adultes. De nombreux livres de Susan ont été traduits en allemand, en espagnol, en italien et en français.

Cliquez sur le lien suivant et inscrivez-vous à la Newsletter de Susan Hatler : SUSANHATLER.COM/NEWSLETTERFR

Vous pouvez contacter Susan ici :

Facebook: facebook.com/authorsusanhatler
Instagram: instagram.com/susanhatler
Website: susanhatler.com/francais
Twitter: twitter.com/susanhatler

TITRES PAR SUSAN HATLER

Série Rencontre renouvelée

Rencontre à un million de dollars

La double rencontre désastreuse

La rencontre d'à côté

Rencontre à la rescousse

Rencontre à la mode

Il était une rencontre

Rencontre à destination

Série Rencontre à tout prix !

L'amour à la première rencontre

Rencontre ou vérité

Ma dernière rencontre arrangée

Une rencontre à retenir

Rencontre dans les règles de l'art

Permis de rencontre

Une rencontre intéressée

Le projet rencontre

Une rencontre déjà-vue

Une rencontre et sauve-qui-peut